णाणं पयासयं

वीर नि॰ 2470

ई.सन 1944

भारतीय ज्ञानपीठ

ग़मे-हयात ने मारा

(कहानी-संग्रह)

ग़मे-हयात ने मारा

राजी सेठ

भारतीय ज्ञानपीठ

लोकोदय ग्रन्थमाला : ग्रन्थांक 811

ग्रन्थमाला सम्पादक

रवीन्द्र कालिया

सह-सम्पादक

गुलाबचन्द्र जैन

पहला संस्करण : 2006

दूसरा संस्करण : 2009

ISBN 978-81-263-1674-8

प्रकाशक :

भारतीय ज्ञानपीठ

18, इन्स्टीट्यूशनल एरिया, लोदी रोड

नयी दिल्ली-110 003

मुद्रक : विकास कम्प्यूटर ऐण्ड प्रिण्टर्स, दिल्ली-110 032

आवरण-सज्जा : चन्द्रकान्त शर्मा

दूसरा संस्करण : 2009

मूल्य : 110 रुपये

GHAME-HAYAT NE MARA

(Hindi Short Stories)

by Rajee Seth

Published by

Bharatiya Jnanpith

18, Institutional Area, Lodi Road

New Delhi-110 003

e-mail : jnanpith@satyam.net.in, sales@jnanpith.net

website : www.jnanpith.net

Second Edition : 2009

Price : Rs. 110

माँ, तुम गयीं तो अपने कंगन
मेरे लिए छोड़ गयीं
ये मुझे बेहद प्रिय हैं, पर
मैं इन्हें बेहिचक
किसी को भी दे सकती हूँ
पर
अपना वह अविचल अकूत साहस
कब्र के अँधेरे में
अपने साथ लेती गयीं
जिनकी तुम्हें तो जरूरत नहीं थी
पर मुझे ? ?.....

एडना सेंट विंसेंट मिले की कविता
'माइन द हारवेस्ट' का भावानुवाद

अनुक्रम

मुलाकात

घण्टी बजी। चपरासी ने कहा उन्हें अन्दर बुलाया गया है। वे घण्टों से काठ की दुखदायी बेंच पर सिर झुकाये बैठे थे। शायद बीच-बीच में ऊँघ भी जाते रहे हों। खाली बैठे होने पर थकान भी अपनी याद कराने के लिए धमनियों में लपलपाने लगती है, नहीं तो मेहनत-मशक्कत, भागदौड़ में थकान का क्या जिक्र। सुबह गये थे...चाय के थोक व्यापारी की दुकान से खपच्चियाँ बीनकर लाये थे। अखबार में लिपटा वह बेडौल-सा बण्डल उनके साथ था। बण्डल उन्होंने बेंच के नीचे खिसका दिया था, बल्कि पैरों की टेक से उसे रोक रखा था। दूसरे देख लेंगे तो वे संकुचित होंगे।

चपरासी ने अन्दर बुलाये जाने की सूचना दी तो विश्वास नहीं हुआ। घण्टों बैठे रहने के कारण तत्परता रीत चुकी थी। इन्तजारियों की भीड़ धीरे-धीरे छँट चुकी थी। उठे, चपरासी ने स्प्रिंगवाला जालीदार दरवाजा खोला। अन्दर दाखिल हुए। लगा नहीं कि दाखिल हुए। अन्दर का दृश्य अपने अब तक के होने के विपरीत था—ठण्डा, आरामदेह, गुदगुदा।

सामने कुर्सी पर कलेक्टर साहब बैठे थे। नाम रामदयाल त्रिपाठी सुना था। आला अफसर होना सुना था। दयालु-कृपालु होना सुना था। उखड़े-पुखड़े जो भी लोग उनके जिले के जुगराफिए में आये, जल्द से जल्द उनकी बसाहट के बारे में उनका कमर कसना सुना था, फिर भी...

अन्दर घुसते वे जानते थे, अफसर भी उन्हें हिकारत से ही देखेंगे। हर मौके, हर जगह वे हिकारत के इस आमने-सामने से बच नहीं सकते थे। ऐसी निगाह अब उनके भाग्य में लिखी थी।

उन्होंने त्रिपाठीजी को घूरा। वहाँ हिकारत नहीं थी। दयार्द्र नरमी थी। चेहरा कोमल था पर अनुभवों से पका हुआ।

''बैठिए'' उन्होंने त्रिपाठीजी को कहते सुना।

पहले सकपकाये, फिर बैठ गये। वैसे भी अपनी इतनी लम्बाई, कुर्सी पर बैठे ठिगने अफसर के सामने अजीब लग रही थी।

"कैसे आना हुआ?"

वह आँखें झुकाये रहे। कलेक्टर साहब ने अपनी गलती महसूस की। पटरी बदली, "उधर, कौन से शहर में बसे हुए थे?"

"लाहौर में..."

"अभी कैम्प में ही रिहायश है या..." त्रिपाठीजी ने वाक्य लटकता छोड़ दिया।

"नहीं, दो कमरों का एक घर किराये पर ले लिया है...हाजी जी की बिल्डिंग में..."

"आराम में हो?"

एक लड़खड़ाती हुई "जीऽऽऽऽ"

अब?...आगे?...एक बेढब-सी चुप्पी। कलेक्टर साहब को शायद लग रहा होगा कि वे आये हैं तो वही बोलें...जुबान खोलें...वही जरूरतमन्द हैं। जो प्यासा होगा वही तो कुएँ के पास जाएगा।

चुप्पी नहीं टूटी तो उकसाया "क्या चाहिए?"

"यही कोई छोटा-मोटा काम...जिससे गुजारा हो जाए। आजकल इतनी चीजों पर राशन है...वैसी कोई दुकान।"

"कितना परिवार है?"

"हैं, छह-सात लोग...सब साथ रहते हैं।"

"लड़के?"

"हाँ, हैं दो...एक तो नाबालिग है...देर की औलाद।"

तभी एक चपरासीनुमा आदमी कमरे के दायें से दाखिल हुआ। उसके हाथ में गत्ते का एक बड़ा डिब्बा था। डिब्बा आदमी ने आगत के नजदीक रख दिया। जैसे कि पहले से पता हो उसे कहाँ रखना है।

"इसे ले जाइए।" कलेक्टर ने अपना मुँह परे घुमाकर कहा।

"इसमें क्या है?"

"ऐसे ही थोड़ा-सा कुछ...गुजारे लायक।"

"गुजारा नहीं चाहिए...काम चाहिए।" उनकी आवाज बुरी तरह काँप रही थी।

"ऐसा कुछ खास नहीं है...थोड़ा आटा, थोड़े चावल, चाय, साबुन, चीनी वगैरह वगैरह...यही जरूरत की छोटी-मोटी चीजें। फिलहाल तो इसे ले जाइए। खोलकर दिखा दो बलबीर।"

उन्होंने हाथ के इशारे से बलबीर को मना किया खोलने से। खोलकर दिखाने से। खुद कुर्सी की पीठ से अपनी पीठ लगाकर बैठ गये। इस बार सीधे। अब तक

पीठ और आँखें झुकाकर बैठने की आदत बन चुकी थी। हाथ-सिर के पीछे बाँध लिये। कद-काठी की उठान सीधे बैठ जाने से पूरमपूर दिखने लगी। आमना-सामना एकाएक उजागर हो गया इतने बड़े अफसर के सामने।

बोलने की सुगबुगाहट सामने से दिखाई नहीं दी तो अफसर अफसरी में आ गये, ''कुछ बोलिए तो सही श्रीमान...क्या सोच रहे हैं?''

''सोच रहा हूँ...लगातार सोच ही रहा हूँ। उन फसादों में सबके बच्चे मर गये...मेरे क्यों नहीं मरे...क्यों जिन्दा रह गये सब के...।''

बात के पिछले सिरे तक पहुँचते तक तो शब्द लड़खड़ा गये। जुबान धोखा दे गयी। हाँफती जैसी एक सिसकी उन्होंने भरसक अपने होठों के कोटर में भींचनी चाही पर सफल नहीं हुए। फूट पड़े। फिर तो हाथ सिर के पीछे बँधे रहे। गाल गीले होते रहे। आँखें बन्द रहीं। सुबकियाँ गले में ठेली जाती रहीं। छाती धौंकनी-सी बजती रही। शरीर हिलता रहा। शर्म छिपा सकने का भी इस समय होश नहीं था।

होश यह भी नहीं था कि इस समय वह अपनी ही कही हुई बातों से मुकर रहे हैं। पलट रहे हैं। कैसे भूल गये कि इन्हीं बातों को उन्होंने ही कहा था कुछ दूसरी तरह। कुछेक महीने पहले। पूरे दमखम, पूरी दयानतदारी के साथ। इसी जीवन में। इसी आकाश के नीचे। इसी दिलोदिमाग के रहते। अभी इतने दिन तो नहीं बीते थे कि याद न रख सकें। भूल जाएँ कि क्या कहा था उन्होंने अपनी आँसू-आँसू होती पत्नी से। अपना पुश्तैनी घर छोड़ते समय। लाहौर में। अब के पाकिस्तान में।

पत्नी बारम्बार अपने छूटते घर को मुड़-मुड़कर देखती और आँसुओं के उलार में डूबती। ससुर के साथ होने के कारण उसकी सिसकियाँ छोटी-छोटी, दबी-दबी सी थीं पर उनकी छाती पर जोरदार ढंग से बज रही थीं। ताउम्र साथ रहे पति को इस तरह पहुँच रही थी पत्नी की भाषा।

कोई और कारगार तरीका उनकी समझ में नहीं आया तो चलते-चलते रुके। कुछ आगे चलते पिता की उपस्थिति को अनदेखा किया। पत्नी की कलाई पकड़ी। जकड़ी। दायें हाथ के पोरों से उसकी ठोढ़ी ऊपर उठायी। ठकठोरा, ''किसलिए यह रोना धोना?... जानती हो तुम कोई घर-वर नहीं छोड़ रही हो। अपने देश जा रही हो, अपने देश...पण्डित नेहरू को आज़ादी की बधाई देने। तुम किस्मतवाली हो। भगवान का शुक्र करो, लोगों के सारे मर गये...तुम्हारा एक भी नहीं मरा...।''

यह सब कहा था उन्होंने। उन्हीं ने। घर छोड़ते समय, पत्नी की कलाई पकड़कर। पूरे विश्वास और दयानतदारी के साथ। गुज़र रहे इस साल के केवल छः-सात महीने पहले। इसी जीवन में। इसी आकाश के नीचे। इसी दिलोदिमाग के रहते। इतने से समय में क्या आदमी की तासीर बदल जाती है... ? इतिहास कूटपीट

कर क्या किसी आदमी को दूसरा आदमी बना देता है?

यह सब त्रिपाठी जी को पता होगा। अनुग्रही उदार होने के बाद भी काफिलों और कैम्पों में पकता-टीसता दर्द कुर्सी की समझ से बाहर छूट गया होगा। अपनी समझ से वह दयालु-कृपालु ही थे। देख-सुन भी रहे थे। उपचार भी कर रहे थे। गुज़ारे की पोटलियाँ दर्दों के साथ बाँध देने जैसी मौलिक किस्म की कृपालुता से अपने दरवाजे पर रोज-दर-रोज टूटती भीड़ को सँभाल भी रहे थे। कई दिनों से। कई महीनों से। दयालु-कृपालु त्रिपाठी जी।

इस समय...इस तरह...सामने फोड़े से फूटते इस अजीब आदमी को देखकर पता नहीं क्या सोच रहे होंगे। इतना लहीम-शहीम; इतना खुद्दार आदमी...उनके सामने बैठा...इस तरह फफक-फफककर...उन्होंने ऐसा कुछ कहा तो नहीं था...दुत्कारा फटकारा भी नहीं था...फिर क्यों...फिर क्यों?

त्रिपाठीजी को ज्यादा सोचने का समय उन्होंने नहीं दिया। उबाल थमा तो उठ खड़े हुए। 'गुस्ताखी माफ़ हो साब' कहकर कमरे से बाहर निकल गये। भूल गये खपच्चियों का बण्डल बेंच के नीचे रखा था घर ले जाने को। अब पता नहीं आग कैसे जलेगी...बुरादा तो कब का खत्म हो चुका अँगीठी का।

ग़मे-हयात ने मारा

मैंने उसे तुरन्त ही पहचान लिया था। विशाल सहन के बीचोंबीच रखे, बड़े हवनकुण्ड के उस पार वाले हिस्से में वह अपने घुटनों को बाँहों में घेरे दत्तचित्त बैठी थी। लपटों से बनती भाप की थरथराहट के पास उसका चेहरा अचानक मेरी पकड़ में आया था।

वह थी—चन्नी। माथे की ढलुवाँ गोलाई को काटती सुघड़ नाक, भरे-भरे होठ। दन्तपंक्ति में दायें को अलग से उठा हुआ एक दाँत, जो दोनों होठों के मिलाप को बाधित करता था। चेहरा पहले से ज्यादा भरपूर, माथे पर बड़ी-सी बिन्दी, जिसके चलते सारा मुख-मण्डल नया-सा लग रहा था। उससे लगकर जो व्यक्ति बैठा था शायद उसका पति होगा।

मैंने उमगकर अपनी बाँह उठायी। सिर के ऊपर ले जाकर हिलायी, उसे सत्कारते हुए। आँख मिली थी। पहचान चटक हुई थी। पर वह साझा क्षण उसी निमिष टूट गया था। मुझे लगा उसी ने टूट जाने दिया है। मुँह फेर लिया है।

अविश्वास को भ्रम का सहारा दे देना सहज लगा। हवन के समाप्त होने की प्रतीक्षा की।

'ओउम् अग्नये नय सुपथा' पण्डितजी उपासना मन्त्रों के निकट पहुँच रहे थे। अपनी दोनों फैली हथेलियाँ ऊपर को उछाल रहे थे। लोगों को उपासना मन्त्रों के उच्चारण में सम्मिलित होने को उकसा रहे थे।

अनुष्ठान के अन्त तक आते तो वातावरण काफी सामूहिक और समावेशी हो चला था। मृत्यु के प्रसंग की प्रगाढ़ता पिघल रही थी।

अब, जेठे को पगड़ी पहनाने की रस्म, फिर दान-दक्षिणा, फिर सामूहिक रूप से उच्चारा जाता शान्ति पाठ। बन्द आँखें। अपने-अपने आसनों पर खड़े हो चुके लोग।

"ओउम् शान्तिः...शान्तिः...शान्तिः ओउम्।" ओंकार की पिछड़ती लय अभी डूबी भी नहीं थी कि मैं भीड़ काटकर सहन के उसी हिस्से में पहुँच गयी थी। वह वहाँ नहीं थी। वह कहीं भी नहीं थी। मेरी अधीरता ने उसे लगभग हर सम्भव

जगह ढूँढ़ा।

भीड़ छितरने लगी थी। मैंने गेट के पास ऊँचाई पर के एक कोने में अपने को स्थित किया। वहाँ जल्दी ही मृतक के सगे-सम्बन्धी कतार बाँधे, हाथ जोड़े, आगतों को विदा करने के लिए खड़े हो जाने को थे।

मेरे देखते-देखते परिजनों की आमने-सामने खड़ी कतारों के बीच एक गलियारा जैसा बन गया था, जिसमें से हो गुजरता हर व्यक्ति मुझे साफ दीख रहा था। भीड़ छँट गयी थी। वह कहीं नहीं थी। जाने कब तिरोहित हो गयी थी।

मैं जैसे ठगी-सी गयी। समझ नहीं पायी कि यह मेरी अवहेलना है या उसके घाव अभी भी हरे हैं।

यह चन्नी का वर्तमान है, जिसमें वह अचानक, इस तरह प्रकट हुई है। चन्नी का एक अतीत भी है, जिसमें एक दुर्घटना है। दुर्घटना ने चन्नी के जीवन की निरन्तरता को काट दिया है। क्या वह अभी भी बीच में बिछी उसी सुरंग में से गुजर रही है?

चन्नी के अतीत में मैं भी हूँ। उसमें शामिल नहीं हूँ, पर उसके साथ चलते-चलते उसे देख-सुन रही हूँ। अतीत के लड़ते-भिड़ते, लाँघते-फलाँगते दृश्य इस समय मेरे सामने हैं।

मैं और चन्नी स्कूल जा रहे हैं, इकट्ठे। खेतों, खलिहानों, पगडण्डियों को लाँघते-फलाँगते। निमौलियाँ बीनते, कच्ची इमली, आम और जामुन बटोरते, हरे छोलिए की झाड़ियाँ उखाड़ते, रहट वाले कुओं पर रुकते, दृश्य को जी-भर निहारते, छल-छल पानी में पैर छपछपाते।

यह सब दृश्य मेरे लिए नये हैं, खूब रोचक और उत्तेजक। चन्नी इन सब चीजों से एकरस है...भीतर तक घुली हुई, आनन्दित।

मेरे पिता चन्नी के कस्बे में जिला विकास अधिकारी के पद पर स्थानान्तरित होकर आये हैं। पिता की उस कस्बे में पोस्टिंग मेरी नागरी समझ को खूब रोमांचित करने वाली है। मैंने यहाँ आकर दसवीं में दाखिला लिया है। चन्नी उस कक्षा में एक साल पहले से पढ़ रही है। शायद पिछले साल फेल हो चुकी है। वैसे भी वह मुझसे उम्र में बड़ी है।

चन्नी का असली नाम चन्द्रकुमारी गुप्ता है। यह नाम उसकी बुआ ने रखा है। ऐसा चाँद का सा नाम उसकी माँ तो रख ही नहीं सकती थी। ऐसा चन्नी कहती रहती है। अपनी माँ से उसकी बिल्कुल नहीं पटती फिर भी वह हर समय अपनी माँ के राग अलापती रहती है।

हमारा घर अनाज मण्डी में है। चन्नी भी वहीं रहती है। हम दोनों मण्डी के

ऊपर बने चौबारों जैसे घरों में आस-पड़ोस में रहते हैं, इसीलिए साथ-साथ स्कूल जाते हैं। मण्डी से स्कूल का फासला डेढ़ मील का है पर इस फासले को छात्रों द्वारा पैदल ही पाटने का वहाँ चलन है।

मण्डी का इतिहास-भूगोल मेरे लिए उतना ही नया है जितना यहाँ की और सब चीजें। दो सदर दरवाजों वाली चौखूँटे आकार वाली विशाल चारदीवारी जिसमें चौबीस घण्टे गहमागहमी मची रहती है। यह गल्ले की आढ़त और अनाज के थोक व्यापार की मण्डी है।

मण्डी का दृश्य कुछ-कुछ ऐसा है। जगह-जगह अनाज की ढेरियाँ, बोरियाँ, मवेशी, खुली और जुती हुई बैलगाड़ियाँ, दुकानों के सामने लटके भीमकाय तराजू, ढेरों व्यापारी, मजदूर, पट्टेदार, गुड़ की भेलियाँ, भिनभिन मक्खियाँ, तेल-घी के पीपे। चौबीस घण्टे जलेबियाँ छानते एक हलवाई की दुकान मण्डी के बीचोंबीच। एक हैण्डपम्प, एक परोपकारी कुआँ जिससे पानी की गागरें भर-भरकर झीवर ऊपर बने घरों में पहुँचाते हैं। दुकानों की गद्दियों पर स्थापित लाला चौबारों पर चढ़ती-उतरती स्त्रियों को कनखियों से ताकते तौलते रहते हैं।

नीचे गल्ले की दुकानें हैं, ऊपर घर। नीचे पुरुष हैं, ऊपर स्त्रियाँ, बच्चे। नीचे का सब कुछ दृश्य है, ऊपर का सबकुछ अदृश्य। नीचे खड़े होकर देखने पर दीखती हैं लम्बाई में नीचे तक फहरती चुन्नियाँ, साड़ियाँ। या फिर दुकानों के साथ-साथ लगी सीढ़ियों में से अचानक प्रकट होती स्त्रियाँ। स्त्री प्रायः एक सीढ़ी से उतरकर दूसरी सीढ़ी में चढ़ जाती है। वह चादर से इतनी ढकी हुई होती है कि चलता-फिरता लबादा जैसी लगती है। घरों से बाहर जाने-आने का यही एक रास्ता है। जो कोई भी कहीं आता-जाता है, नीचे बैठे लोगों को दिखाई देता है।

चन्नी खूब स्वस्थ है, खूब सुन्दर। नख-शिखवाली सुन्दरता उतनी नहीं जितनी गोलाई-चिकनाई वाली सुन्दरता। खूब कसे गोल गुलाबी गाल, चंचल आँखें, दायीं ओर दन्तपंक्ति के बीच एक उठा हुआ दाँत, जो दोनों होठों को अधखुला रहने देता है। इस मुद्रा में चेहरा और ज्यादा सुन्दर लगता है। उसे देखकर लगता नहीं कि वह रोज माँ से पिटकर आती है। सिर को ढाँके रखने के लिए पल-पल दुपट्टे तक पहुँचते उसके हाथ, सदा दिखाई देते रहते हैं। उसके नाखूनों पर झाँकते चिकनाई के निशान उसके घर की कहानी कहते हैं। हर समय सिर ढँकने और गले के पास दुपट्टे को दोनों छोरों से पकड़े रहने की मजबूरी उसकी नहीं, उस कस्बे में रहने की है जहाँ ऐसा ही लड़कीपन चाहा और सराहा जाता है।

खेतों, पगडण्डियों, फसलों, कुओं से बतियाने और दोस्ती करने का ढंग मुझे चन्नी ने ही सिखाया था। मण्डी का सदर दरवाजा छोड़कर सड़क पर आते ही वह कहीं से एक सण्टी तोड़ लेती और ईख की खड़ी उठान को छेड़ती, झकझोरती,

गाती जाती। उसके इस जीवन्त खिलन्दड़ेपन को मैं मुँह-बाये देखती। वातावरण से इतना एकरस, इतना तन्मय देखकर यह अन्दाजा लगाना कठिन होता कि वह आज भी माँ से पिटकर आयी है। वह लगभग रोज ही अपनी माँ से पिटती है, यह सूचना भी चन्नी की ही दी हुई होती। बकौल उसके उसकी माँ को उससे वैर है, क्योंकि चन्नी के पैदा होते ही उसके ऊपर वाला भाई हैजे से मर गया था। माँ के हिसाब से यह घर में चन्नी के अशुभ पदार्पण की छाया है।

स्कूल से वापसी पर ईख का खेत पार करते ही सरदारी का कुआँ दिखाई देने लगता। कुएँ को देखते ही चन्नी का तेवर बदल जाता। कन्धे से बस्ता उतारकर वह एक कोने में पटक देती। सिर से दुपट्टा उतारकर कमर में बाँध लेती। सैण्डिल खोलती, जूतों की उस जोड़ी को अपने नीचे रखकर पानी की निकासी के लिए बनी मेंड़ के किनारे धसककर बैठ जाती। उन छोटी-छोटी नालियों में ठण्डा पारदर्शी पानी बहता होता, वह अद्‌भुत मनोहारी दृश्य होता। बैलों की जोड़ी गोल-गोल घूमती, रहट से पानी खिंचता, टीन के डिब्बे गुड़ुप-गुड़ुप पानी उलटते और नालियों की राह पानी खेतों को चल निकलता। चन्नी अपना आपा भूलकर बहते पानी में पैर डाले बैठी रहती। स्कूल के टिफिन का आधा बचाया गया खाना निकालकर वह बगल में रख लेती। ऐसा लगभग रोज-रोज होता।

मेरा बेचैन होना चन्नी के चैन में होने के साथ-साथ चलता। चन्नी के कुरते पर फैलते कीचड़ के निशान मुझे बेतरह परेशान करते, तिस पर घर पहुँचने में देरी का डर।

"चन्नी, उठ न, जल्दी चल, नहीं तो तेरी माँ मारेगी।"

"चुप बैठ" पेड़ों पर बैठे तोतों को देखते चन्नी मुझे झिड़क देती—"बताया नहीं था मेरी माँ तो पूरी पागल है। जब मुझे पीटने लगती है तो उसका झोंटा खुल जाता है और फिर तो वह एकदम पागल लगती है। मैं तो चुड़ैलों जैसा उसका चेहरा देखती रहती हूँ। पिट रही हूँ इस बात की तो मुझे याद ही नहीं रहती।"

ऐसी बातें मैंने कभी सुनी नहीं थीं। ऐसी माँ भी मैंने कभी देखी नहीं थी। उसकी माँ की मूर्ति का खाका मैंने घर जाकर अपनी माँ के सामने खींचा था। सोचा था खुश हो जाएगी। तुलना में अपने को अच्छा मानेगी पर माँ थी कि चिन्ता में पड़ गयी थी। पिताजी से खुसफुस में लग गयी।

नतीजा यह कि दशहरे की छुट्टी के बाद मेरे स्कूल जाने-लौटने के लिए मैकू का साइकिल रिक्शा बाँध दिया गया। मैकू, घर वालों का मुँह लगा रिक्शा वाला तो क्या पूरा गार्जियन था। पल-पल की खोज-खबर रखता। चन्नी का और मेरा साथ इस तरह छूट गया। मुझे खूब बुरा लगा। चन्नी के चलते मैं कोई दूसरी दुनिया देख रही थी। मुझे लगा शायद चन्नी को भी इतना ही बुरा लगा होगा, पर तब मुझे

मालूम नहीं था कि चन्नी के मन में दूसरों के दर्दों के लिए जगह नहीं है।

हो सकता है मेरा साथ छूट जाने से चन्नी को सुविधा ही मिली हो। नहीं तो क्यों सरदारी का ही कुआँ? क्यों देर? क्यों बचाया हुआ खाना? क्यों वैसी तन्मयता और अतिरेक कि देह को पड़ती मार, मार ही न लगे। पहुँचे हुए लोगों की तरह अपने से अलग होकर वह अपनी माँ की त्वरा देखती रहे। कस्बे के इतिहास-भूगोल के चलते हो सकता है, यह दयालु-कृपालु कुआँ ही चन्नी नरेन्द्र के लिए असली 'लोकेल' रहा हो।

फरवरी और अन्त का दिन। लीप ईयर की पूँछ लगी होने के कारण वह दिन सदा याद रह जाने जैसा है। वैसे भी उस दिन मेरे छोटे भाई का जन्मदिन मनाया जाना था।

मण्डी की ऊँची दीवारों में उगते सवेरे को एक उन्मादी आर्तनाद ने जगाया था। हवा को लपेटती दारुण जैसी चीखें। चीखों का पीछे करते चारदीवारी में धीरे-धीरे ही हल्ला गाढ़ा हुआ था। पता लगा अनाज के सबसे बड़े व्यापारी चौधरी चतुरसिंह चन्देल के लड़के नरेन्द्र और घी-तेल के सबसे बड़े आढ़ती गोकुलचन्द गुप्ता की लड़की चन्नी ने विष पीकर आत्महत्या कर ली है।

रेशम का कुर्ता पहनकर मरे नरेन्द्र की ऐंठी हुई मुट्ठी में एक मुड़ा-तुड़ा पत्र पाया गया था। उसमें जो तफसील दर्ज थी वह कुछ-कुछ इस अर्थ की थी—प्रेम की राह में रोड़े अटकाने वाले पिता को दण्ड और अपने दोनों की एक साथ मुक्ति। आगे फिर मुक्ति की योजना का खुलासा किया गया था कि कैसे रात को गुलाबी चुन्नी ओढ़कर चन्नी भी, अपने घर में ठीक उसी समय, जहर खाएगी पर आखिरी आरजू यह है कि अर्थियाँ उठायी जाएँ एक साथ। मण्डी के सदर दरवाजे से दोनों अर्थियाँ साथ-साथ निकलें, इकलौते की इच्छा मानकर।

चौधरी चतुरसिंह चन्देल की संस्कारी अहंकारी उठान पर ऐसा हिंसक वार। वह भी अपने बेटे द्वारा। बेटा भी इकलौता जिसे इकलौता ही रहना था क्योंकि चौधराइन की जनाना क्षमताओं में चिकित्सा की गलत दखलअन्दाजी से खोट पैदा हो गया था। पन्तनगर विश्वविद्यालय से कृषिविज्ञान में ऊँची डिग्री लेकर आते बेटे के चर्चे अभी तक लोगों की जुबान पर ताजा थे। सुना था इस मौके पर चौधरी ने सोने की मूठ वाली एक छड़ी नरेन्द्र को दी थी और रिश्तेदारों में गिन्नियाँ बाँटी थीं।

अपनी खाल खिंचवाकर बेटे के जूते सिलवा सकते थे चौधरी, पर बनिये की बेटी के हाथ में सपूत का भविष्य नहीं सौंप सकते थे। प्यार होता है होता रहे। बछड़े मुँह मारते हैं मारते रहें। यह सब तो राजसी मिजाज के लक्षण हैं। असली

बात तो गठबन्धन की है। खानदान की लीक और रक्त की शुद्धता की। ठाकुरों का पुंसत्व, पुश्तों से इसी तरह अपने बीजों की रक्षा करता आया है, किसी से मूँछ नीची नहीं की। अब भी क्यों करेंगे। क्या बनिये की छोकरी से मात खा जाएँगे। हूर की परी क्या कोई एक यही छोकरी है?

हूर की परी का फन्दा चौधरी समझते न हों ऐसा नहीं था। सन्ताप-विलाप में टूटते सन्तुलन के माहौल में कितनी ही पोशीदा बातें जाहिर होती गयी थीं। चौधरी का रोना था कि वह तो चन्नी के अजीब तर्ज़ के अँकुराये, गदराये जोबन से वैसे ही खबरदार थे। कसे कुर्ते और चुन्नटदार चुस्त चुन्नी में, बनी-सँवरी चन्नी को, सीढ़ियाँ उतरकर दरवाजे तक जाते हुए जब वह कनखियों से देखते तो कुल पुरोहित की मार्फत, राजकुँवरी की तलाश की मुहिम तेज कर देते। उम्मीद बन आयी थी कि मुहिम रंग लाती...वह कोई ऐसे ऐरे-गैरे तो थे नहीं कि सामने वाले के लालच और जोश-खरोश की ताब न ला सकें।

यह सब कुछ दिन चलता रह सकता था, अगर सुनार...

सुनार मातमपुर्सी में आया तो थर-थर काँप रहा था। वही शायद अपना पाप धोने के लिए अपनी कमअक्ली का किस्सा बारम्बार बयान करता रहा था। ऐसे हिलक-हिलक कर उसे रोते देखा तो पास खड़े बुजुर्ग ने तसल्ली दी—''चुप रहो बरखुरदार, तुम्हारा क्या कसूर। यह तो होनी थी जो तुम्हारी देह में दाखिल होकर बैठ गयी, नहीं तो जैसे इतने दिन चल रहा था और चल जाता...छोरा अपने आप सँभल जाता।''

सुनार हाथ बाँधे उनके सामने खड़ा था, गाव तकिए के सहारे मसनद पर बैठे चौधरी ने देखा। ''कुछ दिन पहले जड़तवाली एक मुँदरी आयी थी हुजूर, रकम वसूली नहीं पायी। वैसे तो मर जाता ख़ादिम तकाज़ा न करता...दुकान आपकी है, पर वहम-सा मन में आया कि कहीं ऐसा तो नहीं कि ताबेदार के साथ आपने रकम भिजवायी हो और वह बेईमान हो गया हो। वैसे मैं क्या जानता नहीं कि बेटे के तालीम-याफ्ता होने पर जो बाप गिन्नियाँ बाँटे वह क्या किसी की रकम दाब लेगा। पर हुजूर...अगर बुरा लगा हो तो गुनाह मुआफी...''

''मुँदरी? कब?'' चौधरी पीले पड़ गये। गल्ला खोला। सौ-सौ के नोटों की एक गड्डी उधर फेंकी—''लो गिन लो जितने बनते हैं और दफ़ा हो जाओ।'' चट मसनद से उतरकर उन्होंने गुरगाबी में पैर फँसाये।

सुनार घिघियाया, ''रुकिए हुजूर, यह क्या ग़ज़ब कर रहे हैं? अपने हाथ से गिनकर दीजिए...भूल-चूक हो गयी तो...'' पर चौधरी का ध्यान कहीं और था। मुनीम को पैसे गिन लेने का इशारा किया और खुद बाहर निकल आये।

समझ गये मुँदरी कहाँ गयी। बेटा दुष्यन्त बनने को उतावला है। जाता हूँ

कुतिया के बाप को देखता हूँ। उनकी पीठ के पीछे सोने की गाँठें पक्की करने में लगा है 'तेलची'। चौधरी घी-तेल के व्यापारी गोकुलचन्द गुप्ता को इसी नाम से पुकारते थे। गुप्ता को दुकान से बाहर खींचकर फिर से कसने-उमेठने का इरादा मन में लिये चौधरी ने मण्डी का आधा ही सहन पार किया था कि पिछली बार की झड़प में गुप्ता का उनके मुँह पर फेंका गया फिकरा याद आया 'चल-चल पहले तू अपना घर देख फिर दूसरे को चोर बनाना।' यहाँ पहुँचकर चौधरी हर तरह से पतले पड़ते थे। पलट आये। दनादन सीढ़ियाँ चढ़ गये। वहाँ इकलौते से जमकर कहा-सुनी हुई। पुरानी नस्ल नयी नस्ल से बुरी तरह भिड़ी। सो उसका यह नतीजा। इतना आत्मघाती, आत्महन्ता।

पछाड़ खाती चौधराइन और रेशमी कुर्ते में पल-पल नीले से काले होते शव को वहीं छोड़कर चिंघाड़ते बाघ की तरह क्रुद्ध चौधरी गोकुलचन्द की सीढ़ियों के नीचे आन खड़े हुए थे। वह तमतमाहट मण्डी में हर किसी ने देखी। जाड़े के दिन, शरीर पर केवल बाँहदार बनियान, कमर में फेंटा, आँखें क्रुद्ध लाल -"म्लेच्छ, चाण्डाल बाहर निकल। बढ़ा अपनी अर्थी। यह मत समझना मैं तेरी छोरी को दुल्हन की तरह लेने आऊँगा?" चौधरी चीख रहे थे।

इस ललकार का उधर कोई असर होता नहीं दीखा। चौधरी हलकान हुए जा रहे थे पर उधर एक अटूट चुप्पी। खिड़कियाँ-दरवाजे बन्द। न चीख, न पुकार, न क्रन्दन, न विलाप।...एक सुन्न सन्नाटा। चौधरी बौखला गये, "तू क्यों रोएगा...क्यों रोएगा...तेरी तो छोरी गयी...टण्टा खत्म।" कहते-कहते वह लपककर सीढ़ियाँ चढ़े और गोकुलचन्द के दरवाजे पर दोहत्थड़ मारने लगे। दरवाजा फिर भी नहीं खुला तो चौधरी का क्रोध पशुबल में बदलने लगा। अन्दर खदबदाती हिंसा को हर हाल में अपना शिकार चाहिए था।

अन्ततः दरवाजा खुला। जो लोग चौधरी के पीछे-पीछे सीढ़ियाँ चढ़कर गये थे, उनके कथनों की कितनी ही चिन्दियाँ हुई थीं, जो पूरे साल मण्डी के आकाश में चीलों की तरह मँडराती रही थी। कोई चौधरी के लाचार ढहने की बात कहता था, कोई तड़फड़ाते क्रोध की, कोई कि कैसे उस काँपती, मिमियाती बछिया के सामने चौधरी का लाचार पौरुष एक घायल चीत्कार में ज़र्रा-ज़र्रा हुआ था।

सुना गया, पहले तो गुप्ता, दोनों बाँहें ताने, दरवाजे को रोककर खड़ा रहा पर चौधरी का इतना तन्नाया हुआ तेज वार सहन नहीं हुआ। पटकी जो ली तो सीधा तख्त से जा टकराया। माथे पर छुल-छुल रक्त उछल आया। फुत्कारता-सा उठा। लपककर अन्दर गया। झोंटा पकड़कर सुबकती चन्नी को खींचता हुआ बाहर ले

आया और चौधरी के पैरों के पास ऐसे पटक दिया जैसे कसाई के सामने पशु।

"ले...ले...ले...तू। मरी नहीं है छोरी। अब कर ले इसका, जो करना हो।" पगलाये-से गोकुलचन्द के मर्दाने हाथ अब चन्नी की पीठ को तबले की तरह पीट रहे थे।

चौधरी अवसन्न, गुम, जैसे पैर चिपक गये हों। मुँह बाये देखते जा रहे हैं कि चन्नी अपने पिता द्वारा बेतहाशा धुनकी जा रही है। जगह-कुजगह उघड़ रही है। अब मुद्रा टूटी। आगे बढ़े। गोकुल के हाथ अधबीच पकड़े, मरोड़े और परे धकेल दिया और खुद सीढ़ियाँ उतरने को वापस मुड़े।

स्तब्ध हुई मण्डी में अब एक दहला देनेवाला लहरदार चीत्कार रवाँ हुआ था। बेटे की मृत्यु की दारुणता और निरर्थकता अब जाकर चौधरी पर पूरी तरह गरजी थी। विक्षिप्तता बनकर बरसी थी।

ऐसा सिरकूट चीत्कार। उस अर्थी की यात्रा मण्डी की दीवारों तक को याद होगी। कन्धे पर अँगोछा रखे, अपने घर की निचली सीढ़ी पर, शव यात्रा में जाने को तैयार खड़े गोकुलचन्द को देखकर चौधरी उस पर झपटे थे। एक हाँफती हुई फूत्कार, "मेरी किस्मत तेरे जैसी क्यों न हुई।" बीच-बचाव करते लोगों ने गोकुलचन्द को साथ चलने से बरज दिया। व्यर्थ घावों पर नमक छिड़कना।

उसके बाद की घटनाएँ जल्दी-जल्दी घटी थीं। विषाद, अवसाद, संवेदना के प्रसार में मण्डी बुरी तरह घायल पड़ी थी। चौधराइन को बार-बार आती मूर्छा जल्दी टूटती नहीं थी। नरेन्द्र के चौथे से पहले ही चन्नी मण्डी से गायब कर दी गयी थी। इतनी जल्दी गोकुलचन्द ने उसे कब, कहाँ भेजा कोई नहीं जानता। दो-तीन महीने के अन्दर ही अन्दर वह अपना धन्धा समेटकर खुद ही मण्डी से चलता बना था। मेरे पिता का भी दस महीने में स्थानान्तरण हो गया था, हालाँकि यह सूचना कुछ खास महत्त्व की नहीं।

पता नहीं चन्नी वहाँ रहती होती तो उसकी क्या दुर्गति होती। उठवा दी जाती? मरवा दी जाती? मण्डी के लोग उससे कैसे पेश आते? मुँह बिचकाते? या उसके जीते होने की खैर मनाते?

देखा जाए तो उसकी नियति की सुरंग कितनी सँकरी थी। मर जाने में तो हानि थी ही, जी जाने में भी हानि। अजीब सिलसिला था—मृत्यु बचाव दे सकती थी, जीवन नहीं, और वह थी कि शहादत के इतिहास में जाते-जाते, एक मनुष्य की तरह उठकर बैठ गयी थी, कौन उसे सेहरा पहनाने को उत्सुक होता।

कोई नहीं जानता उस रात के निचाट अँधेरे में हुआ क्या था? चन्नी ने विष पिया

नहीं था या पिया था तो निष्प्रभाव रहा था। निष्प्रभाव रहे होने के हक में कोई तर्क नहीं जाता। जानते-समझते इस आत्महन्ता कर्म में अपने को झोंक देने की उसकी इच्छा पर विश्वास भी नहीं आता।

जाने कैसे इस समय मेरे सामने एक और दृश्य चटक होता जा रहा है। शायद दुर्घटना से दो या तीन दिन पहले की बात होगी। मुझे छत पर अचानक ही चन्नी दीखी थी। उसने हाथ में सींक की लम्बी झाड़ू पकड़ रखी थी और बनेरे से लगी ध्यानमग्न खड़ी थी। शायद छत साफ करने आयी होगी।

मैंने बुलाया तो आयी नहीं। वहीं टिकी खड़ी रही। "तुम भी तो आ सकती हो" बोली तो स्वर रुखा था। मैं गयी तो सही पर उसने कोई बात शुरू नहीं की। उखड़ी-सी लगी, शिथिल, निरुत्साह। आँखें डूबी हुई, कोरी, अनजान। मुझे अजीब-सा लगा क्योंकि चन्नी और चहकना मुझे एक ही वस्तु के पर्याय लगते रहे हैं। "पढ़ाई कैसी चल रही है?" मैंने ही उसे ठेला। "तू अन्धी है?" वह चिढ़कर बोली, "मैं तो दस-पन्द्रह दिन से स्कूल नहीं जा रही पर तुझे क्या। तू कॉलेज जो पहुँच गयी है, लाटसाबनी।"

मैं हतप्रभ हुई थी। कारण देख नहीं सकी थी। राकी होती तो मुझे बुरा न भी लगता पर मुझे बुरा लगा था। चन्नी पर बुरा-भला लगने का कोई प्रभाव पड़ा हो ऐसा नहीं लगा।

वह वैसी ही गुम, बेध्यान-सी रही। जरा ही देर में वह झाड़ू में से सीकें खींच-खींच कर तोड़ने लगी थी। ऐसा करने से झाड़ू की मूठ ढीली होने लगी थी। "यह तुम क्या कर रही हो चन्नी?" मैं झल्लायी थी। मेरे मन में उसकी माँ का विकराल चेहरा उभर आया था। पर उसने अपनी क्रिया जारी रखी। झाड़ू को क्षत-विक्षत करती रही फिर उसे एक ओर फेंककर सीढ़ियाँ उतर गयी।

इस क्रिया का क्या अर्थ लगाऊँ मैं नये सिरे से सोच रही हूँ। जिन्दगी से प्रस्थान करने की खीझ? क्षोभ? याकि यह अन्तर्भाव कि उसे तो इस रंगमंच को छोड़कर जाने की इच्छा नहीं है, वह तो नरेन्द्र है जिसे अपने पिता को दण्ड देना है और जो भी नरेन्द्र तय करे, चन्नी को उसके साथ खड़े रहना है। मेरे मन को यह प्रश्न भटकाता है कि अगर अपने कर्म की नियामक चन्नी स्वयं होती तो हो सकता है वह किसी दूसरी तरह से लड़ती, कोई दूसरा रास्ता चुनती—तलछट को थूककर जीवन से भी जीवन्तता का कण-कण छीनने वाली चन्नी।

कौन जानता है कहाँ चूकी होगी। मृत्यु का चेहरा डरावना लगा होगा या जीवन का लोभ उन किशोरी हाथों में भारी तुलने को छटपटाया होगा। हो सकता है ऐसी साझी योजना न रही होती तो आवेश में कुछ भी कर बैठना आसान लगता पर योजना की सुरंग में पहले मृत्यु के विचार के साथ अन्दर घुसना, फिर 'दिनों', फिर

'घण्टों', फिर 'क्षणों' में सिमटती टिक-टिक के साथ जीते-जागते, देखते-समझते एक अन्त को चरितार्थ करना। हो सकता है नरेन्द्र साथ होता तो भीतर का बल बना रहता, चाहे यह बल कितना ही आत्महन्ता था—अपने को, माता-पिता को, समाज को दण्डित करने की हिंसा से भरा हुआ।

फिर चन्नी का एकाएक लुप्त हो जाना जैसे किसी भँवर में खदबदाता जल अचानक जम गया हो। साढ़े पाँच सालों के अन्तराल के बाद चन्नी मुझे अब दीखी है यहाँ। प्रदीप के पिता की तेरहवीं पर। मैंने उसे तुरन्त पहचान लिया था। पहचाना उसने भी था पर पहचान को माना नहीं था। मैं आहत हुई थी पर मैं क्यों आहत हुई? चन्नी के लिए मैं मैं नहीं कुछ और हूँ—अतीत के घेरे से उठता हुआ कोई प्रेत। शायद शर्मिन्दगी? शायद जवाबदेही? शायद चन्नी अभी उबरी नहीं है? पता ही नहीं जीवन को वह किस भाव से देख रही है। श्रद्धांजलि? पश्चात्ताप? या पलायन?

यह अध्याय बन्द हो गया है ऐसा सोचा था पर ऐसा नहीं है। चन्नी फिर मुझे अचानक दिखाई दे गयी है। जिस बस में मैं बैठी हूँ वह शास्त्रीनगर के स्टॉप पर आकर रुकी है। शास्त्रीनगर टर्मिनल से पहले का स्टॉप है इसलिए बस में छिटपुट यात्री बच गये हैं, फिर भी नीचे खड़े यात्री अधीर हो रहे हैं। पंक्ति आगे बढ़ रही है। मैं खिड़की पर हूँ।

हठात् निगाह ने उसे पकड़ लिया है। चढ़नेवाले यात्रियों की पंक्ति में एक वह भी है। पंक्ति धीरे-धीरे आगे बढ़ रही है। कन्धे पर काला झोला लटका है। साथ में नीले फ्रॉक और लाल रिब्बन वाली एक बच्ची है। बच्ची को देखकर मुझे खूब खुशी हुई है।

पता ही नहीं लगा ऐसा कैसे हुआ। मेरी बाँह निरायास खिड़की के बाहर लटककर हिलने लग गयी है। मुँह से पुकार फूट चुकी है—"चन्नी...ऽ...ऽ...ओ चन्नी जल्दी आ" उतावली में मैं अपनी छोटी सीट छोड़कर दायीं ओर की लम्बी खाली सीट पर खिसक चुकी हूँ।

पीछे मुड़कर देखती रही हूँ। एक-एक कर यात्री चढ़ चुके हैं। बस चल चुकी है। चन्नी कहीं नहीं है। रो दूँ ऐसी खिन्नता में धँसती जा रही हूँ। चन्नी को हो क्या गया है? होने को इतना ही तो हुआ कि फैसला प्रेम के हक में होता होता जिन्दगी के हक में हो गया। यह भी क्या कोई छोटी बात है चन्नी? तुम क्या फिर से 'तुम' नहीं हो सकतीं चन्नी? पर चन्नी वहाँ थी कहाँ, जो सुनती।

सोचा नहीं था चन्नी फिर दीख जाएगी। हम दोनों जरूर किसी आसपास के पड़ोसी मोहल्लों में रहते हैं, इसलिए उन्हीं-उन्हीं रास्तों को पाटते-काटते हैं। इसी तरह अचानक गुजरते-टकराते हैं। आज भी वह मुझे दीखी है अपनी ही कॉलोनी के बाजार में। अब यह फलों की दुकान है। चन्नी जमीन पर बैठी है। पेटी में से सेब चुन-चुनकर दुकानदार को दे रही है और तौल देने का संकेत कर रही है। बैठ जाने से उसकी कमर पर मातृत्व की स्थूल छापें टिकी दिखाई दे रही हैं। लाल रिब्बन वाली बच्ची बगल में खड़ी है।

इस समय...इस असावधान मुद्रा में चन्नी तक पहुँच पाना एकदम आसान है, पर नहीं भी है। आदान-प्रदान के जिस छोर तक मुझे पहुँचना है, वहाँ चन्नी एकदम अन्तर्ध्यान है, निषेध से भरी हुई, अप्रस्तुत। वहाँ पहुँच जाना मेरी इच्छा का पराक्रम हो सकता है, उसकी इच्छा का बल नहीं।

मेरा मन खिन्न हो गया है। दौड़कर बच्ची को उठा लेने और चन्नी को चौंका देने की इच्छा को मैंने त्याग दिया है। खम्भे की ओट में उतनी ही दूरी पर मैं ठिठकी खड़ी हूँ। उसके चले जाने की प्रतीक्षा कर रही हूँ। मेरे मन में न जिज्ञासा है, न कोई उत्सुकता।

इस तरह भागो मत चन्नी! तुम कैसे भी, जैसे भी चाहो जिओ, मैं तुम्हें अपनी ओर से कभी पहचानने नहीं आऊँगी।

सहकर्मी

ललित स्थानान्तरित होकर कलकत्ता चला गया है, इसका अहसास उसे रिसर्च इन्स्टीट्यूट का अहाता पार करते तो था ही, ऑफिस के अन्दर आकर अपने केबिन में घुसते और भी तीव्र हो गया। कितनी मूर्खता थी कि उसने अन्दर घुसते ही खाली कुर्सी की कल्पना की थी। कुर्सी कभी खाली नहीं रहती, नहीं थी। ललित की कुर्सी पर किसी साड़ीपोश को जमा देखकर वह कुछ झिझक से ही अपने टेबल की ओर बढ़ा।

चेहरा परिचित नहीं तो एकदम अपरिचित भी नहीं लगा। गत मास डायरेक्टर डॉ. सिंह की मृत्यु पर बुलायी गयी शोकसभा में शायद उसे देखा था।

वह पूरी तरह काम में डूबी थीं। आते ही, एकदम, इतनी तन्मयता से काम, जैसे स्त्रियों को अपने परिवेश से परिचित होने या उसका भाग बनने में कोई कठिनाई न होती हो। यहाँ तो बाहर की दुनिया को बाहर रख आने में भी समय लगता है। आहटें पीछा करती रहती हैं...देर तक। घर में थोड़ा ऑफिस, ऑफिस में थोड़ा घर।

ललित होता तो पहले एक कप चाय चलती। कुछ यहाँ-वहाँ की, फिर काम में मन लगाने की कोशिश की जाती।

"गुड मार्निंग मिऽऽऽ..." उसने पहल की।

"नो, मिसेज मित्रा...गुड मार्निंग।" एक बहुत हल्का-सा स्मित उनके चेहरे पर खेल गया। उन्होंने आँखें उठायीं तो कुछ गहरी-सी लगीं...उठी हुई नाक और सामान्य भला-सा चेहरा।

"चाय पिएँगी?"

"नो, थैंक्यू...।" कहकर वह अपने काम में जुट गयीं। कमरे में ही पार्टीशन के उस पार बैठी टाइपिस्ट की खट-खट उसे उस खामोशी में ज्यादा तेज लगने लगी।

फाइलें खोलकर उसने भी काम में लगना चाहा लेकिन लगा नहीं गया। सारे सर्कुलर्स उठाकर उसने फिर से टैग किये और पहले से व्यवस्थित फाइलों को फिर से ठीक करके दराज में डाला। पेन में भरी स्याही को वापस दवात में उँड़ेला और फिर से भरा। चाय को धीरे-धीरे चुसकते उसे लगा कि पास बैठा सहकर्मी यदि इस मुद्रा में काम में व्यस्त हो तो अपनी अकर्मण्यता का अपने पर बड़ा बोझ पड़ता है। वातावरण की लय टूटती है।

लगा, इस स्थिति से उबरने का एक ही रास्ता है उसी प्रकार की एकाग्रता में डूब जाना, पर फाइलों के पन्ने फड़फड़ाते रहे, अक्षरों के अर्थ मन में नहीं उतरे। वह एकदम समझ गया कि अनात्मीय अपरिचित उपस्थिति कहीं बाधा दे रही है। अपरिचित या परिचित के बीच की स्थिति शायद यातना की स्थिति है। वह जानता है—वह हैं। सामने हैं। स्त्री हैं। श्रीमती हैं। रिसर्च फैलो हैं। कलीग हैं। गहरी आँखें हैं। सिमटी हैं। काम-काजी हैं...फिर भी अपरिचित हैं। अबोले की दीवार के पीछे कार्यरत बैठी है...उनके साथ चाय का एक कप सहजता से नहीं पिया जा सकता। 'वार्मिंग-अप' सेरेमनी का उनके साथ कोई अर्थ नहीं। अपेक्षा को झाड़कर उसे काम में जुट जाना आसान लगा।

बातचीत करने की उनमें कोई पहल नहीं जागती। बहुत दिनों तक न सिर्फ वह इस बात पर ही ध्यान देता रहा बल्कि यह भी कि वह समय से पाँच-दस मिनट पहले ही आ जाती हैं। ठीक दस बजे अपनी कुर्सी पर स्थापित होती हैं। उनके इस कार्यक्रम में कोई हेर-फेर नहीं होता। जब से आयी हैं वह ही पहले कमरे में बैठी मिलती हैं। शायद कहीं आसपास रहती होंगी।...उसकी तरह पुरुषोत्तम नगर से आना पड़ता तो सारी हेकड़ी भूल जातीं। फिर लगा घर का काम करके भी तो आना पड़ता होगा।

उसने ध्यान से उनके नाखूनों की ओर देखा। शायद नेल पॉलिश के नीचे से झाँकती गहरी मैल की लकीरें पकड़ में आ जाएँ, लेकिन उनके नाखून नेल पॉलिश विहीन थे। साफ थे। उनकी उँगलियाँ एक नियमित तेजी से काम कर रही थीं।

"...ओह गॉड।" पेन उसने नीचे रख दिया। इन महाशया के साथ कैसे समय कटेगा। उकताकर वह ललित को पत्रोत्तर देने लगा—"तुमने तो लिख दिया मैं लकी हूँ, सलोना साथ मिल गया है, पर यह कलीग महाशया पत्थर की बुत हैं लगभग। रोज गुड मॉर्निंग न कहती होतीं तो लगता कि गूँगी हैं। अक्सर लगता है इस दुनिया की भाषा नहीं जानतीं। कल आग्रह करके चाय पिलाने की नीयत से दो कप मँगा लिए तो बोलीं—सॉरी, चाय नहीं पीती।"

"क्या पीती हैं फिर—फैण्टा, कॉफी, कोक...?"

"लगभग कुछ नहीं।...पानी का स्वाद हर कनकॉकशन से अच्छा लगता है...।" कहकर हँस दी थीं। हँसने में आँसू आ जाना कितना अजीब लगता है न। उन्होंने जब फाइलों से सिर उठा ही लिया था तो मैंने झट पूछ मारा—"यहाँ कहाँ...?"

"जनकपुरी में।"

"बहुत दूर पड़ता है, दिक्कत पड़ती होगी।"

"हाँ, बहुत जल्दी निकलना पड़ता है। अब तो आदत पड़ गयी है।" कहकर उन्होंने पेन फिर हाथ में उठा लिया। यह उनकी विशेष चेतावनी है अपने सामने वाले को खामोश कर देने की। कलम लेकर फाइल में सिर गड़ाते ही वह एक अपाट दूरी कायम कर लेती हैं। भई, मैं तो बोर हो गया हूँ। उनके रहते डौली से खुलकर गपियाया भी नहीं जा सकता। पहले वह भी लंच-टाइम पर कैसे टेबल पर चढ़कर बैठी रहती थी, अब बाहर से झाँककर ही वापस चली जाती है। लगता है स्त्री के सामने स्त्री को गौरव और सम्मान की आड़ बनाये रखना ज्यादा जरूरी लगता है।

"एकदम अजीब हैं यार। आजकल लगभग रोज चिट्ठी लिखती हैं और राह भी देखती हैं। उठकर यदि बाथरूम तक भी जाना पड़े तो आते ही पूछेंगी—'क्या मेल बँट गयी?' 'न' कह देने पर अजीब-सा भाव उनके चेहरे पर आ जाता है...खुश हैं या उदास मुझे तो समझ में ही नहीं आता। तेरे जाने के बाद बड़ी मनहूसियत छा गयी है। कमरे का वातावरण ऊँघता जैसा रहता है। एक तरह की उदासी छाई रहती है। ऑफिस में कोई मज़ा ही नहीं रहा। सम्भव हुआ तो मैं कुछ दिन की छुट्टी लेकर उधर आऊँगा।"

उस दिन वह दो घण्टे देर से ऑफिस पहुँचा तो पहली बार उनमें कुछ पहल जागती देखी। 'गुड मार्निंग' कहकर वह फाइल में जुट नहीं गयी, बल्कि पेन नीचे रखकर जिज्ञासा से ऊपर देखती रहीं।

"आज देर हो गयी...दो घण्टे की छुट्टी ली थी...मेरा बच्चा बीमार है।" वह बोला। सुनकर वह असाधारण रूप से चौंकी—"बच्चा बीमार है? क्या आपका बच्चा बीमार है?...क्या हुआ है उसे? और आप ऑफिस चले आये?...छुट्टी ले सकते थे।...न भी आते...यहाँ कौन-सा काम रुका पड़ा है...कौन-कौन है घर में?...देखभाल ठीक हो रही है न?...क्या हुआ है उसे?..."

ओफ। एक साथ, इतने सवाल। अजायबघरों के बाहर खामोश पड़ी तोपों के

ठण्डे कठोर सीने में से एकाएक निकलते गोलों की तरह...

इतने सवालों के पूछे जाने के बाद भी वह अपने बच्चे के बारे में बिल्कुल भूल गया और एक सुखद अचम्भे से उन्हें देखता रह गया। इतनी मुखर, मुक्त, चिन्तित, प्रगल्भ। उनकी आँखें किसी अनजाने डर से सिकुड़ गयी थीं।

"कुछ विशेष नहीं। तीन-चार दिन से तेज बुखार है...टायफॉयड लगता है। डाक्टर ने कहा है दो-चार दिन में उतर जाएगा।"

"जरूर उतर जाएगा...जरूर...उतर जाएगा...।" एक गहरे आवेश की स्थिति से इस बुदबुदाहट की लौटती वह सामान्य होने आयी फिर बोली—"कितने साल का है आपका बच्चा?"

"सात साल का।"

"और...?"

"हाँ, एक लड़की है दस साल की।"

"हूँ," कहकर वह फिर खो गयी, फिर थोड़ी देर बाद बोली, "किधर रहते हैं आप?"

"पुरुषोत्तम नगर।"

"डू यू माइण्ड..." वह बेहद हिचकते हुए बोली..."अगर मैं बच्चे को देखने चलूँ...आज ही शाम को। उन्हें ठीक लगेगा?"

"क्यों नहीं...क्यों नहीं, बल्कि खुश होंगी। उनका आशय शायद मेरी पत्नी से था। वह जानती हैं आग मेरी कुलीग हैं।"

वह किसी अनजाने उत्साह से भर गया। एकदम अप्रत्याशित प्रस्ताव...

"ठीक है, शाम तक इरादा बना रहा तो..."

शाम को हमेशा की तरह थोड़ी देर पहले उठने में उसे झिझक महसूस हुईं। यह उतावली कहीं गलत न समझ ली जाए। वह खुद ही कुछ पहले उठ खड़ी हुईं और बोलीं, "कुछ समय लेकर चलें तो...? जनकपुरी वापस पहुँचते मुझे देर हो जाएगी।"

वह एकदम उठ खड़ा हुआ—"आप बाहर आइए, मैं स्टैण्ड से अपना स्कूटर लेकर आता हूँ।"

"क्या आपके स्कूटर से जाना होगा?" वह सोच में पड़ गयी दीखीं, फिर धीरे-धीरे जीना उतरने लगीं।

सरपट हवा में दौड़ते उसे पहले तो वैसी ही अनुभूति हुई जैसी अक्सर ऑफिस में होती थी—अपरिचय और परिचय के बीच के उन्हीं यातनापूर्ण क्षणों का तीखा अहसास। अपने चारों ओर रचे हुए एक गढ़ में किसी छेद तक की गुंजाइश न छोड़ने वाला व्यक्ति यदि अचानक इतनी मुखर सदाशयता से भर जाए कि घर तक

चलने का प्रस्ताव रख बैठे...। इस सारे क्रियाकलाप का, आवेग का, चिन्ता का हेतु क्या है? वह कुछ सोच नहीं सका, सावधानी से भरे-भरे भाव से, स्कूटर चलाता रहा, जैसे किसी व्यक्ति को नहीं किसी बहुमूल्य भावना को सँभालकर घर ले जा रहा है।

मिसेज मित्रा—कलीग...बच्चे की चिन्ता से ओत-प्रोत। पत्नी को उन्हें स्वीकार करने में जरा भी कठिनाई नहीं हुई। संजु के पास बैठी थी, व्यस्त होकर बोली, "तुम लोग जरा यहाँ बैठो, मैं इनके लिए चाय बनाकर लाती हूँ।"

"रहने दीजिए, मुझे चाय का शौक नहीं।"

"वाह, इतनी तकलीफ करके आयी हैं...फिर हम लोग भी तो पिएँगे।"

उनका ध्यान कहीं और था। बच्चे के पास बैठती हुई बोलीं, "आप जाइए, मैं यहाँ बैठती हूँ।...काफी थकी लग रही हैं आप...चिन्ता में सोई नहीं होगी आप।...यह जल्दी अच्छा हो जाएगा...जरूर...जरूर अच्छा हो जाऽएऽऽगा।"

वह फिर उसी खोयी-सी मुद्रा में आ गयी थीं। लगता था कि किसी ढलान पर अचानक खड़ी हो जाती हैं और अपना आपा खो बैठती हैं। एकदम आमने-सामने खड़े, इस बार, उसे उनकी इस मुद्रा से डर लगा। एक तरह से अपने वाक्य द्वारा उन्हें झकझोरता बोला, "बैठिए मिसेज मित्रा, मैं मुँह धोकर आता हूँ।"

पत्नी चाय लायी तो वह बेसुध बच्चे के माथे पर हाथ फिरा रही थीं। उनके कहने पर कि वह चाय नहीं पीतीं, पत्नी कॉफी या शरबत का आग्रह करने लगी।

"आप चिन्ता न करें, मैं चाय पी लूँगी।" सुनकर उसे आश्चर्य हुआ। इस हठ को वह कितने आग्रहों से भी नहीं तोड़ पाया था और 'नो थैंक्यू' ही सुनता आया था। ऑफिस के कमरे की बोझिलता कुछ कम हो सकेगी अब, इस विचार से उसे आराम-सा मिला।

बोलीं तो वह अब भी कम—कुछ सीमित गहरे फिकरे। पत्नी के स्त्री-सुलभ पति विषयक प्रश्नों पर इतना उत्तर दिया, "विदेश में हैं। लौटना एसाइन्मेण्ट पूरा हो जाने पर होगा।" वह सारा समय बच्चे में उलझी रहीं।

वापसी पर उसके द्वारा घर छोड़ आने का आग्रह उन्होंने स्वीकार नहीं किया। वह कितना कहता रहा, "देर हो गयी है, अकेले जाने का खतरा भी हो सकता है दिल्ली में..."

अगले दिन रविवार था। सोमवार को वह ऑफिस में नहीं थीं। कुर्सी खाली थी और टाइपिस्ट डौली उसकी टेबल के आस-पास डोलती इतरा रही थी। उसने इधर-उधर देखा तो बोली, "मिसिंग हर?...शी इज ऑन लीव।"

मन में न जाने कैसी घरेलू-सी चिन्ता जागी कि उसका डौली से छेड़खानी करने को जी न चाहा। बोला, "कुछ मालूम है कितने दिन की छुट्टी ली है?"

"यस, पूरे सात दिन की। अगले सोमवार को ज्वायन करेंगी।"

"तुम्हें कैसी लगती हैं वह डौली?"

"सुप्पर बोर...ट्रेजिडियन...। जब से आयी हैं कमरे में मनहूसियत छा गयी है।"

"ट्रेजिडियन।" डौली ने तो अपने को अप्रिय लगते व्यक्ति को अतिरंजना से व्यक्त किया था, परन्तु उसे लगा, उसने, उनके लिए एकदम उपयुक्त शब्द ढूँढ़ लिया है। यह शब्द उनके चेहरे पर लेबल की तरह चिपक सकता है। उसे खुशी नहीं खेद-सा हुआ। असलियत के नखों से उनके फौलादी मौन को छील देने की इच्छा हुई। इस बार आएँगी तो...

"मुझे तो वह ऐसी नहीं लगतीं, गहरी लगती हैं।" उसने डौली को उत्तर दिया।

"यू आर ए मैन...यू लाइक ऑल सार्ट्स..." कहकर डौली ने उसकी बाँह पर चिकोटी काटने का अधिकार अपने को दे दिया। उसे न जाने क्यों उस समय ललित याद आया और कमरे में वजनदार अनुपस्थिति की अनुभूति। उसने काम में मन लगाने की कोशिश की।

वह गुरुवार को ही वापस आ गयी। उन्हें देखकर वह एकदम खुश हो गया।

"वेलकम, वेलकम, मिसेज मित्रा, आग तो सोमवार को आने वा..." परन्तु उनका बुझा हुआ चेहरा देख सहमकर चुप हो गया।

वह धम्म से कुर्सी पर बैठ गयीं। आँखें फटी-फटी, खाली...

"आप ठीक तो हैं न?"

उन्होंने मात्र सिर हिलाया।

"मिसेज मित्रा।" उसने डरते-डरते कहा, "घर में सब कुशल तो है?"

वह चुप जरूर रहीं, परन्तु झनझनाहट को बलात हथेली से ढाँप देनेवाली चुप्पी।

"ओह। मिसेज मित्रा...कुछ तो कहिए...प्लीज़। क्या मैं कुछ कर सकता हूँ?"

"कुछ नहीं...अब कुछ नहीं...वह नहीं रहा...मेरा बच्चा...।" रोना उनके होठों पर फड़फड़ाने लगा।

"आप सूचना तो देतीं?"

"आबू गयी थी। बोर्डिंग में था...।" वह मुश्किल से कह पायी।

"अचानक क्या हो गया?"

"पहले बुखार...मेनिनजाइटिस..." उनकी आवाज बीच में ही टूट गयी थी।

उस दिन उसके बच्चे को लेकर उनकी अधीर चिन्ता एकदम उसके दिमाग में कौंध गयी...

"आपने...आपने क्या मिस्टर मित्रा को सूचना दे दी है?"

वह चुप रहीं...तरल अवाक दृष्टि और काँपते-कातर होंठ।

प्रश्न उसने पूछा था जो वह व्यग्रता से उनकी तरफ देखता भी रहा।

अपने मुख पर उस उत्सुक दृष्टि का पीड़न वह अवश्य महसूस करती रही होगी, तभी तो दूसरे क्षण उन्होंने पेन हाथ में उठा लिया...।

पेन का उनके हाथ में आ जाना सब तरफ से बन्द हो जाने की घोषणा थी। उसे घबराहट हुई। उतावली में बोला, "आप कहें तो मैं पोस्ट ऑफिस जाकर मि. मित्रा को सूचना दे आऊँ... ? आपको मुश्किल पड़ेगी। पता दे दीजिए या कोई दूसरा काण्टेक्ट प्वायण्ट।"

"ओ नो।"...उन्होंने हताशा में अपने हाथ टेबल पर पटके, "...नो, नो, नो, मित्रा नाम का कोई आदमी, मेरे लिए, इस दुनिया में नहीं है...मेरे लिए सच है सिर्फ..." रक्त-प्रवाह में जैसे कोई थक्का अचानक आ अटका हो।

"क्या कह रही हैं आप?"

"ठीक कह रही हूँ—आयम नॉट...आयम नॉट...आयम नॉट मैरिड..."

उन्होंने सारे हथियार डाल दिये, जैसे यातना की इस पराकाष्ठा को न सह सकने के कारण वर्षों का बोझ उन्होंने नीचे दे पटका हो और इस आत्म-समर्पण को न झेल पाने के कारण एकाएक रो पड़ी हों।

"ओह नो, मिसेज मि...।" शब्द उसके गले में अटक गये। उनका नाम ज्ञात न होने की असहायता उसे उस क्षण बेतरह महसूस हुई।

उनके भीतर कोई बाँध टूट गया था जिसे हथेलियों के पीछे दबाने का वह असफल प्रयास कर रही थी।...

मन उनके प्रति गहरी आर्द्रता से भर गया। उसका जी चाहा कि सान्त्वना का हाथ उनकी तरफ बढ़ाये, परन्तु उसे लगा, मानवीयता का उद्‌गार भी, हर उद्‌गार की तरह समाज और सम्बन्ध के हाथों दिया जाकर ही कहीं पहुँचता है, उसकी निरपेक्ष स्थिति शायद सब जगह स्वीकार्य नहीं होती। अगर होती भी है तो गलत समझी जा सकती है। भीगे मन से चुप बैठा रहा। एक पानी का गिलास लाकर उन्हें थमाया। शान्त होने की प्रार्थनाएँ कीं...। फिर बात बदलने की कोशिश की, "आपके माता-पिता?"

"पिता नहीं, माँ है...सबकुछ पीछे छूट चुका है...एक बार यूँ छिटक जाने पर फिर लौटने की इच्छा नहीं हुई। सालों हो गये माँ से मिले।"

उसे लगा उनकी नाव का हर किनारा पानी में डूबा हुआ है।

दो दिन बाद उन्होंने इस्तीफा दे दिया और उसकी स्वीकृति-सूचना की प्रतीक्षा करने लगीं। कलम हाथ में लेकर अपने को बन्द कर लेने का प्रयास अब उनकी ओर से समाप्त हो चुका था और एक सहानुभूति भरा मौन जो उनके ऑफिस आकर बैठते ही बीच में प्रवाहित होने लगा था, उसे वह समझने-स्वीकारने लगी थीं।

उनका गुजर चुका बच्चा इस प्रकार के इतिहास की उपज है, इस जानकारी ने उस विषय को हमारे बीच लगभग निषिद्ध-सा बना दिया था। कुछ सूत्र सहज जोड़े भी जा सकते थे पर वे गलत भी हो सकते थे। एक दिन उससे रहा न गया तो बोला, "जो बीत चुका वह इतिहास ही तो है...कह देने से क्या मन कुछ हल्का न हो जाएगा?"

मन की दीवारें थरथरा उठने का कम्पन और पीड़न फिर उनके चेहरे पर अंकित हो गया। वह घबराकर बोला, "तकलीफ होती हो तो रहने दीजिए।"

"किस बात से तकलीफ होती है, किनारों नहीं, अब ठीक से पता नहीं चलता।" वह फिर एक गहरी उदासी में डूब गयीं। फिर एकाएक लौटती हुई बोलीं, "मैं सच कहती हूँ, वह मुस्लिम होकर यदि इतनी श्रद्धा से मेरे साथ बिरला-मन्दिर की सीढ़ियाँ न चढ़ता तो शायद कुछ न होता...मुझे उस पर इतना विश्वास न आ जाता...।"

"हम लोग दस दिन के लिए हिस्ट्री ट्रिप पर देहली आये थे...। पर मेरा सच उसका सच नहीं था। वह मुकर गया...मुझे कठिनाई में देखकर तो भाग निकला। वह साथ होता तो मुझे एक ही बाधा काटनी थी—धर्म की...सिर्फ धर्म की। बहुत छोटी थी, थोड़े-से साहस से काटी जा सकती थी। पर वह ही साथ नहीं तो किस हक के लिए लड़ना? उस हालात में कोई भी हक़ माँगना अपना नंगापन ढँकने की बेशर्मी में पड़ना होता...।"

उसने ध्यान से देखा, वह कुछ बहुत बड़ी नहीं थी। 29-30 की रही होंगी शायद, परन्तु अनुभव की कड़वाहट ने उन्हें कितना प्रौढ़ बना दिया था। वह जो कुछ कह रही थीं उसे उनकी समवयस्क क्या सोच भी सकती।

वह कहती रहीं, "माँ को कहने का साहस नहीं हुआ था, मरने का भी नहीं, तो हृषीकेश चली आयी। एक बार बचपन में माँ के साथ आकर वहाँ रही थी...तब पिताजी भी थे...वहाँ एक मौनी बाबा की कुटिया में रहती रही। बाबा गंगोत्री जाना चाहते थे तो बच्चे को बोर्डिंग में छोड़ दिया...जब तक वह जीवित था तो लगता था—वह एक मजबूरी है। शायद भूल सकना मुश्किल था कि उसी के कारण मैं इस

दशा में हूँ और हमीद इसके बाहर...अब नहीं रहा तो लगता है एक बेहद-बेहद जरूरी रिश्ता टूट गया है, जिसका बने रहना मेरे लिए बहुत जरूरी था...बहुत जरूरी।'' कहकर उन्होंने सामने वाला चेहरा टटोलने की कोशिश की और उसे डूबा पाकर एक कड़वे से परिहास से बोलीं, ''सब फिल्मी लग रहा है न आपको? मैं तो पहले ही जानती थी।''

''आप गलत समझ रही हैं। आपके साथ एक यात्रा मैं भी कर रहा था। अपने को भूल गया था...। पर यह नौकरी क्यों छोड़ रही हैं आप? मन लगा रहता है, जरूरत भी पूरी होती है।''

''अब जरूरत नहीं है। रामपुर में ही प्राइमरी स्कूल में पढ़ाऊँगी...बच्चों में रहना अच्छा लगेगा।''

''कोई जगह खाली है क्या वहाँ?...पता कर लिया है?''

''मेरे पिताजी का चलाया हुआ स्कूल है। वहाँ कभी भी जाने में दिक्कत नहीं है...माँ भी वहीं होंगी शायद...ठीक से पता नहीं...। मेरे पेपर्स आप वहीं रिडायरेक्ट कीजिएगा।'' कहकर वह एक कागज लेकर अपना पता लिखने लगीं। उसने बड़े-बड़े अक्षरों में लिखा—करुणा खन्ना, केयर ऑफ...। उसे लगा ताश के पत्तों का एक महल वह अपने सामने गिरता देख रहा है। अब वहाँ और कुछ नहीं बचा, सिर्फ तीन अक्षरों का एक नाम—एक छोटी-सी सच्चाई—शुद्ध और अनावृत्त।

पहली जुलाई को उनका रामपुर जाना निश्चित हो गया। वह पत्नी को लेकर स्टेशन गया था। गाड़ी आधा घण्टा लेट थी, उसे भला ही लगा।

पत्नी सब कुछ जानती थी। गहरी सहानुभूति से भरी हुई भी थी पर वही कुछ उद्विग्न-सी लगीं। खुलने में हिचक...स्पष्ट समझा जा सकनेवाला एक तरह का पलायन। वह क्यों नहीं समझ सका कि ऐसे में एक स्त्री दूसरी स्त्री के सामने कैसा महसूस कर सकती है...नैतिक-अनैतिक के आसपास कुछ...उसने अपनी पत्नी को इशारा किया, फिर कहा, ''आप रास्ते में पढ़ने के लिए कुछ ले लीजिए...आइए, बुक स्टॉल तक चलें।''

एक तौलती-सी नजर पत्नी पर डालती हुई वह अपना पर्स लेकर उठ खड़ी हुई और उसके साथ चलने लगीं। वह भीतर से उद्विग्न था—शायद उनके जाने के कारण या फिर उनके लिए कुछ न कर पाने की असहायता के कारण।

स्टॉल तक पहुँचने के कुछ पहले ही उन्हें रास्ते में रोककर उसने कहा, ''एक बात कहूँ करुणा...।''

वह चौंकी, ठिठकी, फिर एक खुली उत्सुक दृष्टि उसके चेहरे पर टिका दी।

''जीवन अपने लिए भी होता है। राह चलते किसी ट्रेजेडी के हो जाने से सब कुछ खत्म नहीं हो जाता।''

''हो जाता है। एक बार शुरुआत गलत हो जाने पर सबकुछ...सबकुछ गलत हो जाता है।''

''शुरुआत तो सिर्फ शुरुआत होती है। उसे सारा जीवन समझ लेना कहाँ तक ठीक है?''

''बहुत देर हो चुकी है अब...नहीं हो चुकी क्या?'' अपनी छलछल आँखें उसने ऊपर टाँग दीं।

''किस बात के लिए देर करुणा...। किसी शुरुआत के लिए कभी देर नहीं होती...और तुम तो...अभी तो तुमने देखा ही क्या है। सच बताऊँ तुम बहुत थक गयी हो...बस। बुरी तरह से थक गयी हो। हताश हो गयी हो।''

जाने क्या हुआ कि करुणा के होठ बरसात में भीगते कबूतरों की तरह फड़फड़ाने लगे।

''जानती हो, मैं क्या कहने आया था तुम्हें?...जीवन किसी भी नाम, किसी भी रूप में पुकारे तुम्हें, तो इनकार न करना।...यों तो मेरा कुछ भी कहने का हक नहीं बनता, फिर भी...''

''ओह। नहीं...नहीं...आप...।'' अब वह बेतहाशा रो पड़ी।

ढाढस का निर्भीक हाथ उसके कन्धों पर रखने की इस बार उसे कठिनाई नहीं हुई।

गाड़ी धड़धड़ाती हुई स्टेशन पर घुसी तो वह हड़बड़ायी। सँभली और सिर नीचा करके चुपचाप उसके पार्श्व में चलने लगी।

गाड़ी चलते समय लगता रहा सींखचों से लगा उसका चेहरा पिघलता जा रहा है और आँखों में एक आत्मीय-सी पहचान उभर रही है। पत्नी ने नेहभरा हाथ उसकी बाँह पर रख दिया और कहा—''जाकर हमें लिखेंगी न?''

शब्दों की भीड़ और व्यक्त करने की असमर्थता...रोने-रोने को होते उसके चेहरे पर यह दोनों बातें एक साथ पुत गयीं। उसने पत्नी का हाथ अपने दूसरे हाथ से ढँक लिया।

गाड़ी चल दी...।

''विश यू...'' मांगल्य से भरा जितना कुछ भी वह कहना चाहता था, वह सब गाड़ी की चीख में कहीं खो गया...शायद उस तक नहीं पहुँचा। फिर भी उसे लगा, वह शब्द न भी सुने जाएँ, तो भी वह उन्हें, अभी, बाद तक, हमेशा दोहराता रहेगा।

बाहरी लोग

उस रात...

एक वृद्ध स्त्री...रात के बारह बजे दरवाजा खटखटाती है। दरवाजा नहीं। बेडरूम की खिड़की के टूटे हुए काँच में अपना चेहरा दाखिल कर लेती है।

कमरे की मन्द रोशनी में देह को बॉल्कनी में बाहर छोड़कर उसका अन्दर आ चुका चेहरा एक दहशत पैदा करता है। उस दहशत का अन्दाजा दूसरों को नहीं हो सकता। नीम-अँधेरे में बिस्तर पर निस्पन्द पड़े आदमी की दृष्टि के शून्य में उग आती एक गरदन और उसमें से फूटती आवाज।

उस दहशत का अन्दाजा उस गरदन को भी नहीं हो सकता क्योंकि वह खुद दहशत में है।

वह चेहरा बोलने लगा है—"काका नहीं आया अभी तक।" 'अभी तक' शब्द को उसने दोहराया-तिहराया।

नींद में अध-जगे सपने-सा हिलोर लेता क्षण पहले ही टूट चुका है। अब कुछ अपनी भी साँस लौट रही है।

"अभी तक माने?" मैं झटके से पलंग के नीचे आ गयी हूँ।

"जानती नहीं हो...अभी तक। कितने बजे हैं...देखो।" उसके उत्तर में एक काट है तीखी, झिड़कती हुई।

धुन्ध कुछ-कुछ साफ हो रही है। इस स्पष्टता में स्थिति की निरापदता का एहसास शामिल है। टार्च उठायी, घड़ी देखी, बताया—"12 बज चुके हैं, 10 मिनट ऊपर हैं।"

"उफ्!" वह सिहरती लगी।

"आपका बेटा शायद अभी तक दफ्तर से नहीं आया।"

आँधी में झूलती डाल की तरह उसका सिर जोर-जोर से 'हाँ' में हिला। उस उन्माद में उसने जाने कितने सहस्र पलों की चिन्तातुर मुर्दनी को झटककर फेंका होगा। हिलना थमते ही सिसकियों की दाँतों में भिंची जाती अवरुद्ध आवाज, फिर खामोशी।

परदा हट जाने से बॉल्कनी के बल्ब से झरती रोशनी की एक कतरन अन्दर चली आयी है।

अब दिमाग दौड़ रहा है। पहाड़...बरसात...टेढ़े-मेढ़े रास्ते...ढलानें...बिना रेलिंग की पगडण्डियाँ...अन्धे मोड़...अँधेरा...मोटर साइकिल की रपटीली फुरती...जवान हो चुके खून का जोश...या शायद शराब...या शायद एक वृद्धा के घर में बैठे होने को भूल जाना...या शायद आदत, जो देखने-समझने की धार को भोथरा कर चुकी हो।

मन में खदबदाती आशंकाओं की कीच—कुछ भी हो सकता है, पर मेरे हाथ में कुछ भी नहीं है जो उस वृद्धा को थमाकर दिलासे का भ्रम पैदा कर सकूँ। मेरे मन में डरी हुई सम्भावनाएँ हैं।

उस थमे हुए क्षण में भी, मुझे लगा अपेक्षा की कोई नोक मेरी ओर तनी है। वह कील उस मटमैले अँधेरे में भी मुझे चुभ रही है। निस्सहायता की सुरसुरी मेरे भीतर रेंगने लगी है। वह नहीं जानती, मैं भी यहाँ अजनबी हूँ, आसपास किसी को नहीं जानती।

"सुनिए माँ जी, मैं यहाँ नयी आयी हूँ। यूँ ही छुट्टी काटने आ गयी दस-पन्द्रह दिन।...यह घर मेरा नहीं है। यह मेरी दोस्त का फ्लैट है।"

वह मेरे वाक्य का केवल पहला हिस्सा सुनती हैं—"मैं भी यहाँ नयी आयी हूँ। चार-पाँच दिन पहले ही आयी हूँ...अपने बेटे के पास..."

यह वार्तालाप अभी तक कमरे और बॉल्कनी में खड़े दो लोगों के बीच केवल सिरों के माध्यम से हो रहा है।

"एक काम करती हूँ। पड़ोसियों को जगाती हूँ। वह यहाँ के मूल निवासी हैं। चप्पा-चप्पा जानते हैं। वह जरूर कुछ मदद करेंगे। वैसे तो अभी ऐसी देर नहीं हुई है। हो सकता है, आपके बेटे को कोई काम ही पड़ गया हो?"

वह बुदबुदाती है—"देर से आना था तो कहकर तो जाता।"

यदि आना ही न हो तो? कुशंका से भरी एक आवाज मेरे अन्दर से उठती और मुझ पर झपटती है। जाते समय कौन कहकर जाता है। क्षण आ जाता है एकाएक अचानक। और हम हैं कि उसे भूले रहना चाहते हैं।...जीने के आवेश में उसे बेदखल किये रहते हैं क्योंकि उसकी उपस्थिति का डर हमें जीने नहीं दे सकता...बाधा डालता है और एक जीने का ही तो लोभ है, लोलुपता भी है। क्या इसीलिए?...जानबूझकर हम अपने को आश्वासन देते रहते हैं कि हम हैं...हम भी हैं...हम ही हैं।

"चलो फिर बेटी।" वृद्धा की चिन्ता ने मुझे टोका। मैंने चिटकनी खोली, बॉल्कनी की रोशनी के चलते लैण्डिंग पर अँधेरा नहीं है, पर साँय-साँय करता एक

अटूट पहाड़ी सन्नाटा वहाँ साँस ले रहा है।

वृद्धा को देखते ही लगा मैंने इस स्त्री को दोपहर में रेलिंग पर कपड़े सुखाते देखा था। उम्र की लकीरों से कटा-पिटा चेहरा...पतली काठी...सफेद झक्क बाल...सिर पर ओढ़ी सफेद ओढ़नी की माथे तक आयी लेसदार कगार, देह पर धुल-धुलकर बदरंग हो गया टेरीलिन का जोड़ा।

मैंने शाल ओढ़ी। टॉर्च ली। वृद्धा को साथ लिया और सामने वाले फ्लैट की घण्टी टीपी। ठीक सवा बारह बजे...रात के पहले पहर।

जिन्होंने दरवाजा खोला वे कुनमुनाये हुए नहीं थे। नींद से जगाये-जैसे भी नहीं। उनके कपड़े अस्त-व्यस्त थे। हड़बड़ी में उन महानुभाव ने कुरता उलटा पहन लिया था। वे दोनों अप्रसन्न दीखे थे। देखते-ही-देखते उनके चेहरों पर एक ठण्डी पर्त चढ़ने लगी थी...आँखों में धुन्ध दाखिल हुई थी। अब वह आसानी से वह सब-कुछ नहीं देख सकते थे, जिसे दिखाने के लिए आधी रात उनकी घण्टी टीपी गयी थी।

''माफ कीजिएगा...इतनी रात गये आपको जगाना पड़ा। इन माताजी का बेटा अभी तक दफ्तर से नहीं आया है। चिन्ता हो रही है।''

दोनों में से पुरुष ने पलटकर दीवार-घड़ी देखी थी...फिर वृद्धा की आँख की तिरमिरी, फिर भवें सिकोड़ीं—''कोई बात नहीं, आ जाएगा। आजकल राष्ट्रपति यहाँ आये हुए हैं। काम चल रहा होगा, दफ्तर में।''

''इस समय तक?''

''क्यों नहीं? वह मेण्टेनेन्स विभाग में जो है।''

''फिर भी...'' मैं कहना चाह रही थी मेण्टेनेन्स विभाग एक चीज है, राष्ट्रपति का आगमन भी कोई और चीज, मैं जिस चीज की बात कर रही हूँ वह कुछ और है। दूसरी बातें तो अनेक हो सकती हैं—बाढ़, भूकम्प, अणु-बम, उग्रवाद, ओले, आग इन घाटियों और शिखरों के बीच और भी कितना-कुछ हो सकता है, पर इस समय तो एक ही भँवर है...एक माँ है...एक बेटा है...परदेस है...आधी रात है...जोखिम है...अँधेरा है और वह अभी घर नहीं आया। वह एक। वही एक।

''आप बेकार उलझ रही हैं। पहले भी वह कभी-कभी देर से आता है। हम तो कब से देख रहे हैं। उसी दिन तो उसके माथे में चोट लगी थी।''

अब यह पुरुष के साथ खड़ी स्त्री बोल रही थी। एकदम सपाट आवाज। अपने शब्दों को हँसते-से होठों में चबुलाती हुई।

''क्या पहले भी कभी उसे चोट लग चुकी है? किस दिन? यह कब की बात है?'' वृद्धा की हल्की-सी काया जैसे चार इंच उछल गयी हो।

''लगी थी, कुछ दिन पहले। रात-भर चिल्लाता रहा था। हमने एस्प्रिन दी

थी। सुबह हस्पताल गया था। टिटनेस का इंजेक्शन भी लगा था।''

''यह कब की बात है? कब की?...'' वृद्धा को एक रट जैसे लग गयी थी।

''हो गये होंगे, दो-तीन महीने...अब याद थोड़ेई रहता है!''

''देखो मुझे कुछ नहीं बताता।''

मैं अधीर थी। चिन्ता की नोक पर तड़फड़ाता क्षण पिछड़ता जा रहा था। क्षण में छिपी क्षिप्रता भी। लग रहा था उस समय कुछ हो रहा है कहीं। किसी अज्ञात अँधेरे में। वृद्धा उस अँधेरे को चीर देना चाहती है इतने और अँधेरों को अपनी चिन्ता में शामिल करके।

''जाओ-जाओ माताजी! सो जाओ। जब आना होगा, आ जाएगा। उसे नौकरी भी तो करनी है कि आपको ही देखना है।'' पुरुष पुरुष की तरह था।

''मुझे न देखे,'' वृद्धा बिफर गयी—''पर अपने घर तो आये।''

यह वार्तालाप मुझे अखरा था। ''क्या हम इस बारे में कुछ कर नहीं सकते? उसके दफ्तर तक नहीं जा सकते या फिर पुलिस स्टेशन? आखिर दफ्तर तो साढ़े पाँच बजे बन्द हो जाता है।''

''वह कौन-सा दफ्तर में बैठा होगा,'' पुरुष ने यह बात बहुत धीमे से कही थी। इन्द्रियों की क्षीणतावाली वृद्धा ने निश्चय ही नहीं सुनी होगी।

''जाने से कम-से-कम पता तो लग जाएगा कि वह वहाँ से कितने बजे निकला था। जल्दी से एक चक्कर लगाया जा सकता है। आपके पास तो मोटर साइकिल भी है।''

''नहीं, नहीं, यह सब बेकार है,'' पुरुष ने फैसला सुनाया था। वह हर तरह से उस चिन्ता में शामिल होने से इनकार कर रहा था।

''तो फिर?''

''तो फिर यह कि आप लोग जाकर सोइए। माताजी, मैंने कहा न कि आप जाकर सोइए। आ जाएगा। न आया तो देखा जाएगा।'' उसने अपनी बगल में खड़ी स्त्री को एक गुझा-सा इशारा किया था।

स्त्री फुर्ती से अन्दर गयी और शाल ओढ़कर बाहर आ गयी। वृद्धा के कन्धों को अपनी बाँह के कोटर में बाँधकर उसे ठेलने का उपक्रम करने लगी—''चलिए, मैं आपको घर छोड़ आती हूँ।''

मुझे लगा था दो फ्लैट्स के बीच जिस पथरीली लैण्डिग पर हम खड़े हैं वह हिलने लगी है, जैसे अन्दर कहीं भूकम्प बन रहा हो। धरती को स्थिर करने के लिए हमने कितना कुछ किया है। मकान बनाये हैं। सड़कें बिछायी हैं। ट्रक, टैंक, टैंकर, रेलगाड़ियाँ चलायीं, फिर भी धरती हिल रही है। इस तरह, एक आवश्यक उद्गार को चोटी से धकेल दिये जाने के कारण।

वृद्धा हिल रही थी। ठेली जा रही थी। उसके कन्धों को घेरती हथेलियों में एक हिंसक दबाव था। अपने लिए आरक्षित किया जा चुका एक बचाव था। वृद्धा की बाहर तक बहती व्याकुलता के विपरीत।

यह दोनों चीजें साथ-साथ दिखाई देती एकदम बेहूदी-जैसी लग रही थीं। अटपटी, अनैतिक, और मैं थी कि खड़ी-खड़ी देख ही रही थी।

हाँ, वह मैं ही थी जो खड़ी-खड़ी देख रही थी, कुछ भी नहीं कर रही थी। वह क्षमता पता नहीं किन लोगों में होती है जो सामने से आ रहे आक्रमण की छलाँग को अधबीच निरस्त कर देते हैं और संकट की कगार पर खड़े आदमी को उबार ले आते हैं।

उस समय मुझे लगा था मैं वैसी नहीं हूँ।

मुझे चुभा था मैं वैसी क्यों नहीं हूँ?

मेरी आँखों के सामने लाचारी से धुँधलाया एक काँच था जिसकी आड़ में उस लैण्डिग पर खड़ी मैं उस वृद्धा को ठिलते हुए देख रही थी।

वृद्धा पैर अड़ा रही थी, पर ठिल रही थी।

उस दम्पती के दरवाजे से वृद्धा के हटते ही दृश्य बदल गया था। घटना का घनत्व कम-सा हो गया था।

अपनी स्त्री के चले जाने से पुरुष अकेला रह गया। वह अब मेरी ओर उन्मुख था। खुलकर हँसने लगा और मुझे समझाने की मुद्रा में आ गया। देखते-ही-देखते उसकी अँगुली का पोर अपनी दांयीं कनपटी पर आकर गोल-गोल घूमने लगा।

"आपको नहीं पता, इसका पेंच ढीला है। पूरी तरह क्रैक है—बुढ़िया। इसे अपना कुछ पता ही नहीं रहता। गैस पर दूध रखती है, दूध उबलता रहता है। नल खोलती है, पानी बहता रहता है। तवे पर रोटी डालती है, जलती रहती है। मालूम है क्यों? क्योंकि यह सदा रावलपिण्डी में बैठी होती है। बेवकूफ है पूरी। अरे, देश के टुकड़े हुए इतने बरस बीते पर इसका पटरा अभी तक वहीं बिछा है। सोचकर देखिए 25-30 साल क्या कुछ कम होते हैं? मैं तो इसीलिए इसकी बकवास नहीं सुनता।"

"पर इस समय तो..."

"समय-उमय छोड़िए, कौन इसके साथ वहाँ बैठा रहेगा।" पुरुष की बात सुनकर लगा मेरी जुबान तालू से चिपकने लगी है। मैं कहना चाहती हूँ इस समय की चिन्ता तो अन्धे को भी दीख जाएगी। वैसे भी हम होते कौन हैं जो किसी की दुश्चिन्ता को इसलिए निरस्त कर डालें क्योंकि हम उस अतीत का हिस्सा नहीं हैं।

इस स्त्री की अवहेलना करें, उसे दण्डित करें क्योंकि हम खुद इतिहास की उस सुरंग में फँस जाने से बच गये थे। यह तो संयोग था कि हम उस समय जमीन के किसी दूसरे टुकड़े पर खड़े थे। भूगोल ने हमें बचा लिया था। क्या इसीलिए हम दानाह बने रह सकते हैं?

''मुझे पता है आप क्या सोच रही हैं। मुझे 'हार्ट-लेस' मान रही होंगी,'' पुरुष ने मेरे ध्यान को तोड़ा था। ''पर इस औरत ने बोल-बोलकर खुद ही अपनी बात का वजन कम कर लिया है। पगली है पूरी।''

''ऐसे पागलपन के तो और भी कई कारण हो सकते हैं। हो सकता है जितनी सुखी वह रावलपिण्डी में थी, अब न हो पायी हो। आगे का सुधर जाए तो पीछे को कौन रोता है?''

''भगवान जाने, मुझे तो यह सारा सिलसिला कभी समझ में ही नहीं आता। मेरे दफ्तर में भी पाँच-सात लोग हैं, पार्टीशन में लुट-पिटकर आये थे। बिल्कुल चंगे-भले, फिटफाऽट हैं। अरे, जो होना था हो चुका, अब उसे ही लेकर रोते रहो...जन्म-भर!''

मैं थी कि कहीं और धकेल दी गयी थी—''आदमी और औरत में क्या फर्क नहीं होता? आदमी की जात अपने को कितनी तरह से खरच-खपा लेती है। पर औरत? वह भी उस जमाने की औरत, जो दुनिया को बदल देने की भागमभाग में शामिल नहीं है। घर बैठी है...एक चारदीवारी में...उसके सुख-दुःख भी उसी की तरह उसके पैरों के पारा दुबके बैठे रहते हैं, खारिज नहीं होते।''

''यह भी कोई बात हुई?'' वह चिढ़ता बोला।

साफ-साफ लगा कि मैं जो कुछ कहना चाहती हूँ पुरुष उसे सुनना नहीं चाहता। उसे अपनी बात को कह देने की उतावली है। शायद लग रहा हो कि अपनी बात को समझाये बिना वह मुझे अपने विश्वास की जद में ले नहीं सकता।

उसकी आवाज आगे चल रही है—''अभी तीन-चार साल पहले इसका आदमी मरा है। यह बुढ़िया इस धक्के को नहीं भूलती। पार्टीशन के दंगों में कहाँ तो बारह घण्टे की प्रचण्ड गोलीबारी में से बच निकला और कहाँ इसकी बगल में सोता-सोता मर गया। सच मानिए, मैं तो इसका विश्वास ही नहीं करता। पता नहीं सच कहती है या झूठ कि रावलपिण्डी से निकलने के लिए जिस ट्रेन पर बैठा था, वह गुजराँवाला के स्टेशन पर रोक ली गयी थी। बताती है, बारह घण्टे लगातार गोलीबारी हुई थी। सारी ट्रेन को ही भून डाला...''

''वह अकेला था?''

''क्या आपको पता नहीं? फसाद शुरू होते ही सब लोगों ने अपने परिवार पहले ही हिन्दुस्तान भेज दिये थे। घर-बाहर, कारोबार की वजह से खुद अटके रहे

कि पता नहीं हवा किधर को चलेगी। बताती थी कि जब मिलिटरी आयी और फौजियों ने लाशों से भरी उस ट्रेन में घुस-घुसकर हाँक लगायी कि कोई बच गया हो तो बाहर निकल आये, तब इसका आदमी लाशों के ढेर को अपने ऊपर से ढकेलता बाहर निकला। और किस्मत देखिए, दूसरे डिब्बे में इनका माल ढोनेवाला एक मजदूर भी बच गया था। उसे निकलने के लिए तुरन्त ही एक ट्रक मिल गया तो वह हिन्दुस्तान की सरहद पार कर गया और इसका आदमी कैम्पों में धक्के खाता, भटकता एक महीने के बाद अमृतसर पहुँचा। इन लोगों ने तो उसे मरा मान लिया था...अरे मान लिया था पर मरा तो नहीं था। यह मूर्खा उन्हीं बातों को लेकर बैठी रहती है। कोई भी, कहीं भी राह चलता मिल जाए तो हो जाती है शुरू।''

पुरुष की निन्दक निर्दयता मुझे अखर रही थी। उसने वह अखरना शायद मेरे चेहरे पर पढ़ा कि बोला, ''अब यह इसका बेटा है—अपना बेटा। इसकी एक भी बात बरदाश्त नहीं करता। यही सब बातें लड़के से पूछो तो चिढ़ जाएगा। कहेगा यह सब पुरानी बातें हैं, कौन मैंने अपनी आँखों से देखी हैं जो सच मानूँ। वैसे बड़ा ही समझदार लड़का है, एकदम, 'बैलेन्स्ड पर्सन'।''

''आप कैसे जानते हैं इतनी सब बातें?''

''अरे यह बुढ़िया पहले भी यहाँ आयी है, आती रहती है। लड़के को अकेला जानकर पीछे लगी रहती है।'' पुरुष के चेहरे पर फिर से हिकारत की रेखाएँ खिंच आयी थीं। पता नहीं क्यों वह इस वृद्धा के जीवन-भोग पर विक्रमादित्य की शलाका लेकर बैठा था।

''...देखिए, अब यह लड़का है...जवान है...अभी अकेला है...आजाद है, कहाँ जंजाल पाले। इस दर्द की पोटली को सँभालना क्या आसान है? पर वह लाख मना करे, यह आ ही जाती है, इस अकेले की रोटियाँ पाथने। अरे यह नहीं होगी तो क्या लड़के को रोटियाँ नसीब नहीं होंगी। हर समय डपटता रहता है कि बड़े भाई के पास जाकर रहो। उनकी गिरस्ती है। वहाँ बहू है, पोते-पोतियाँ हैं...अच्छे-बुरे जैसे भी हैं...हैं तो सही। पर मजाल कि सुने। असल में मोह बड़ी बुरी चीज है...हैंऽऽ कि नहीं?''

अब वह समर्थन की चाह में मेरी ओर देख रहा है। उसने सारी कैफियत में मुझसे साझा कर लिया है। उसके हिसाब से मुझे अब उसके दृष्टिकोण में भी साझा कर लेना चाहिए। उसके मुख पर छपी कुछ-कुछ ऐसी अपेक्षा।

मैं निरुत्तर हूँ।

निरुत्तर रहना चाहती हूँ। मेरे पास भी अपने विश्वासों की एक पोटली है जिसे मैं उस पुरुष के हवाले कर देना नहीं चाहती। किसी अपात्र को कहना नहीं चाहती कि सब कुछ लुट-पिट जाए, गर्क हो जाए, फिर भी जाने कैसे माँ बची

रहती है। वह एक सम्बन्ध नहीं सनातनता है। नहीं तो ऐसा कैसे हो जाता कि इतिहास के दर्द को अपने होशोहवास पर झेलती यह स्त्री, एक निचाट नये नगर के परायेपन में एक उद्दण्ड पुत्र को अपना आँचल देकर सहेजती।

माँ का आँचल किन नाचीजों पर भी फैल सकता है, पुरुष नहीं जानता। स्त्री जानती है, पुरुष नहीं जानता। नहीं जान सकता, पर ओलों के डर से फलों के नन्हे पौधे तक आँचल से ढाँप दिये जाते हैं, क्या इस बात को भी इस पहाड़ी नगर में रहने वाला पुरुष नहीं जानता होगा?

वृद्धा के साथ गयी और पुरुष के साथ रहती स्त्री अब लौट आयी है। उसके चेहरे पर एक विजित-सी मुस्कान है। क्यों नहीं होगी, यह क्या कम किया कि रावलपिण्डी में बने एक बुत को वह किस चतुराई से एक अकेले अँधेरे कमरे में स्थापित करके आयी है! जानते हुए कि बिल्डिंग के उस विंग में अभी रोशनी नहीं है। तीन-चार दिन में आने की सुनवाई थी, पर तीन-चार दिन बीते तो कई दिन बीते...

स्त्री खूब प्रसन्न है। अपनी सफलता का ब्यौरा प्रस्तुत कर रही है—"मालूम है कितना काँप रही थी बुढ़िया...कम्बल ओढ़ा दिया है...वह तो बैठ ही नहीं रही थी...मैंने कहा, दूसरों के दरवाजे पर खड़े रहने से क्या होगा। अपने घर बैठे...वह आ जाएगा...पहले भी तो ऐसा हो चुका है।"

मेरा सिर चकराने लगा है। वृद्धा...अकेली...दुश्चिन्ता...घुप्प अँधेरा...खाट...कम्बल...कँपकँपी और नसीहत।

पुरुष ने मेरे ध्यान को छिटकने नहीं दिया। "अच्छा जी, अब आप भी जाकर सोइए। पार्टीशन का तमाशा खत्म," उसने अपनी एक हथेली पर दूसरी हथेली को बजाया है।

एक अकस्मात् जैसा अन्त।

"अच्छा जी," मेरे मुँह में पुरुष के ही वाक्य का चिथड़ा फड़फड़ाता बच गया है। उनका दरवाजा बन्द हो चुका है।

मेरा पता नहीं कब हो पाएगा।

अब?

मैं उस लैण्डिंग पर एकाएक अकेली छूट गयी हूँ—अवसन्न और रीती। लैण्डिंग की मटमैली रोशनी में इतनी ही अवसन्न एक चुप्पी।

अभी तक तो कहाँ-से-कहाँ तक...भीतर और बाहर...आता और जाता शोर था, चिन्ता थी, दर्द था, इतिहास था, भूगोल था।

अभी तक तो वे दोनों थे। पुरुष था, हिंसा थी, क्रोध था, आक्षेप और आलोचना।

अब कुछ नहीं है। चुप्पी है। मैं हूँ और चिपचिप आत्मग्लानि। मेरे आपे को झकझोरती, दूषित करती एक अस्वच्छ-सी अनुभूति। मेरे किये कुछ और नहीं हो सकता था पर उस घनघोर चिन्ता के अन्तराल में उस दुखियारी से साझा तो हो ही सकता था।

भीतर कुछ असह्य होकर उठा है कि मैं वृद्धा के फ्लैट की ओर चल पड़ी हूँ।

बॉल्कनी में रोशनी है, भीतर घुप्प अँधेरा। दरवाजा मुझे खटखटाना नहीं पड़ा था। दरवाजा भिड़ा हुआ था।

दरवाजा खोलते ही रोशनी की उस फाँक में एक गुड़ीमुड़ी गठरी-सी खाट पर रखी मुझे दीखी।

''माँजी!'' मैंने टॉर्च जलाते बहुत धीरे से पुकारा।

''कौन?'' वृद्धा ने चौंककर अपने पैरों के पास रखी टॉर्च बड़ी तेजी से उजाल दी।

''काका नहीं आया,'' उसने खाली खोखल आँखें मुझ पर गाड़ दीं।

''आता ही होगा...आ जाएगा,'' मैंने अँधेरे में आँखें खोलकर डुबकी लगाने की कोशिश की। ''चलिए न उधर चलकर बैठते हैं...रोशनी में...मैं अभी जाग रही हूँ।''

मुझे लगा था वह हुज्जत करेंगी...इनकार करेंगी...अड़ेंगी पर वह पल-भर में ही कम्बल झटककर जमीन पर खड़ी हो गयी थीं। उन्हें तत्पर देख मैं टॉर्च के सहारे ताला ढूँढ़ने लगी थी।

मुझे इधर-उधर हाथ-पैर मारते देखा तो बोलीं—''क्या चाहिए?''

''ताला ढूँढ़ रही हूँ।''

''वहीं छोटी मेज पर रखा होगा...देखो न मैं कितनी पागल हूँ। भूल जाती हूँ। मेरी याददाश्त कब की खो चुकी है।''

''यह सच नहीं है,'' याद के चैतन्य का दण्ड भोगती उस आवाज को मैंने पूरे अधिकार से कहा।

उन्होंने नहीं सुना, नहीं माना। बोलीं—''तुम चाहे जिससे पूछ लो। तुम्हें उन लोगों ने बताया ही होगा।''

''वे लोग? कौन लोग? बाहरी लोग? आप उनकी बातें मानती क्यों हैं?''

''मानना पड़ता है। आखिर इन्हीं के बीच तो सदा रहना है।'' एक सपाट जैसी स्वीकृति, जैसे रंग-भेद के माहौल में रहते श्यामवर्णी अपने आप को भी 'काला' कहकर पुकारने लगते हैं।

ताला मैंने ही लगाया। बाँह से घेरकर उन्हें अपने साथ सटाया तो सारी देह में एक बिजली-सी दौड़ गयी। मन में भर्राता आता आवेग—यह जो मेरी देह और बगल की खोह में पूरी तरह सिमट आयी हैं, यह कौन हैं?...क्या है?...हमारे इतिहास का अतिजीवित...अतिस्पन्दित अंश...इतना संचित, सुलभ और सुरक्षित।

लगा, रोशनी में आना उन्हें अच्छा लगा है। सोफे पर टिककर बैठ जाना भी। वहाँ बैठते ही वह जल्दी-जल्दी पलकें झपकाती इधर-उधर देखने लगीं और आसपास के नयेपन का मुआयना करने लगीं।

"चाय बनाती हूँ"—मैंने पूछने की बजाय उन्हें सूचना ही दी। नजर बचाकर घड़ी भी देख ली। इस समय क्या वह उस चिन्ता से खाली हो गयी थीं?

देखा, अचानक ही वह ठिठुरने-जैसी लगी हैं। अपने दाँतों के बीच एक कँपकँपी को भींच रही हैं।

"आपको ठण्ड लग रही है?"

"नहीं तोऽऽ..." अपनी पतली-सी चुन्नी की लपेटन वह अपने गिर्द कसने लगी थीं।

अलमारी से शॉल निकालकर उन्हें ओढ़ाया तो वह लज्जित-सी हुईं। "देखो न! याद ही नहीं रहा कि मुझे शॉल लेकर आना है। मैंने कहा नहीं था कि मेरी याददाश्त खो चुकी है...लोग ठीक कहते हैं।"

यह आवृत्ति यातनादेह थी। अपनी याद के खोने को खुद मान लेना, ओढ़े फिरना, जबकि सच यह था कि वह स्मृति के गलियारे में वैसी-की-वैसी अविचल खड़ी थीं। यह तो बाहरी लोग थे जो उसे बना-बिगाड़ रहे थे। उनका पगला जाना ठीक ही था।

मैंने अपने को उनके घुटने के पास जमीन पर बैठे पाया—"मेरी बात सुनिए माँजी, ध्यान से सुनिए। आप कुछ भूली नहीं हैं बल्कि जितना आपको याद है, बहुत याद है।...यही तो असली तकलीफ है।"

"कैसे?"

मैं अटक गयी। जो मन में था उसे उनकी भाषा में समझाना मुश्किल लगा। कैसे समझाती कि जो भूल नहीं पाते, समय उन्हें माफ नहीं करता, क्योंकि ऐसे लोग उसकी राह में अड़ते जो हैं और समय है कि उसे हर पल वर्तमान बन जाने की हड़बड़ी है।

"क्या मतलब?"

"कोई मतलब नहीं। आप आराम से बैठिए। मैं चाय बनाकर लाती हूँ।"

चाय बनकर आयी तो वह एकाएक छलछला आयी थीं। "मालूम है काके के पिताजी भी ऐसे ही किया करते थे। नींद नहीं आती थी तो लाची (इलायची) और

लोंग की चाय बनाकर पीते थे। मुझे भी जगाकर पिलाते थे...चाहे मैं कितनी गहरी नींद में सोती होऊँ।''

उनकी आँखें एकदम स्थिर हो गयी थीं। वह मुझे फिर उसी सुरंग में दाखिल होती दिखी थीं जिसका उस पुरुष ने जिक्र किया था। कमरे की भरपूर रोशनी में एक अद्‌भुत दीप्ति उनके चेहरे को लीपती-उजालती दिखी थी।

उन्हें देखते लगा था, हम सब तो मलबे में दबे हुए लोग हैं। यही एक चेहरा है जो इस मलबे में भी प्रज्वलित होकर चमक रहा है। मलबे से विद्रोह ठाने बैठा है।

अच्छा ही था इस समय वह सब आशंकाओं से परे कहीं और डोल रही थीं, पर उनके बेटे की चिन्ता मेरे मन में दहशत बनकर धड़क रही थी।

उनकी आँख बचाकर मैंने घड़ी देखी। एक बज चुका था। बीस मिनट ऊपर जा चुके थे। घड़ी के हाथ तेजी से आगे भाग रहे थे।

अब?...अब?

अपनी दोनों हथेलियों में प्याले को प्यार से सँभाले वह चाय सुड़कने लगी थीं।

पहले दो घूँट हलक में अभी उतरे ही होंगे कि उन्होंने सोफे पर चाय छलकाते प्याला नीचे जमीन पर रख दिया था।

''सुनो...सुनो, वह खड़का...उसका स्कूटर...लगता है काका आ गया है।''

वे झटके से उठ खड़ी हुईं और दरवाजे की ओर चलने लगीं। मैं एकदम उनके साथ...उनके पीछे।

अगले ही क्षण लगा था अगवानी करने जाना व्यर्थ है।

स्कूटर का खड़का पहले तेज...फिर धीमा...फिर और धीमा होता पहाड़ियों में गुम हो गया था।

मैं सहम गयी थी। किसी दुर्घटना की आशंका मन में गाढ़ी होने लगी थी। हम दोनों के बीच पसरी चुप्पी भी अब सहमी लग रही थी।

मैंने चाय का प्याला उन्हें फिर से थमाया जिसे उनके स्तब्ध ध्यान ने लेने से इनकार किया

मैं चाहती हूँ कोई वार्तालाप...कोई संवाद शुरू करना जिससे वह उस चुप्पी का किनारा छोड़कर आगे टहल आयें... पर वह रिक्त-जैसी लगीं। अब चेहरे पर कोई चमक नहीं, विलापती-सी वीरानी पसरी थी। धँसी हुई कोटरों में स्थित गोल गड्ढे, उनमें ऐसा थमा हुआ धुआँ।...उनकी आँखों को जैसे इस बार मैंने ठीक से देखा।

इस समय यह चेहरा मुझे भयानक-सा लगा जैसे पसरती झुर्रियों ने उनकी

खाल की सारी लुनाई सोख ली हो। वह पहले जैसी अतीत के कक्ष में प्रज्वलित चेहरे की प्रतिच्छाया मेरे भीतर से भी गुम होने लगी।

एक असभ्य-सी चिन्ता ने मुझे दबोच लिया—वह अगर किसी अकस्मात में अपने बेटे को खो देती हैं तो इस विभीषिका को अपनी पीठ के कौन से हिस्से पर ढोएँगी? ...पिछले अभिशाप से मुक्ति पा लेंगी? याकि दोहरे भार से कुचली जाएँगी? इतना दम-खम इस पतली-सी काया में क्या है कहीं?

"आपको पाकिस्तान छोड़े कितने साल हो गये?" मैं एक निहायत बेवकूफाना सवाल उनसे पूछती हूँ। जानती हूँ यह सवाल नहीं, संवाद की इच्छा है।

वह उत्तर नहीं देतीं। ओढ़े होने पर भी कँपकँपी में उतरती दिखाई देती हैं। मुख पर कहीं और चले जाने का-सा भाव, जहाँ तक पहुँच पाना मेरे लिए कठिन है।

घड़ी ने दो बजाये हैं। सुई बारह पर टिकने के बाद आगे चलने लग गयी है।

वह उठ खड़ी हुई हैं। जानती हूँ यह उठना नहीं बेचैनी है। दरवाजे को पटाक से खोलकर दरवाजे की चौखट से जा लगी हैं।

दरवाजा खुल जाने से हवा का एक तेज चपाटा चीरता चला आया है जो उनकी देह से दस गुना ज्यादा बलवान है।

"अन्दर ही बैठना ठीक होगा माँजी।"

"नहीं।" मेरी बात का उत्तर उन्होंने कड़ाकेदार 'न' में दिया है। वह चौखट से सिर टिकाये अविचल खड़ी हैं। मैं उनके पीछे। आगे-पीछे के क्रम में हमारे चारों पैर दरवाजे पर जमे खड़े हैं।

अब और कुछ नहीं। कुशंका, कई परतोंवाला सन्नाटा और चेतना की झिर्रियों में उतरती और डूबती साँस।

सहसा ही सीढ़ियों पर थपथप की आवाज उभरी है...जो उस सन्नाटे को बड़बोली लगी है।

उनका काका एकाएक...आखिरी सीढ़ी पर डगमगाता लैण्डिग पर अवतरित हुआ है। उसके पहुँचते ही शराब की गन्ध का एक तेज भभका हवा के कोटर में दाखिल हुआ है।

मेरे दरवाजे पर उन्हें इस तरह खड़े देख वह आग-बबूला हो गया है।

"तुस्सी ऐत्थे?...ऐस्स वेले?...ओपरे लोकाँ दे घर!" (आप यहाँ...इस समय...बाहरी लोगों के घर)।

अपनी साँस में साँस आने को पछाड़ते उन्होंने अपनी खीझ प्रस्तुत की—

"अरे, देर से आना था तो कहकर तो जाता!"

"क्यों?"...उसने लट्ठ मारी, "क्या आफत आयी थी?...आसमान टूटा पड़ रहा था?...चलो सीधे...अपने घर।"

लड़के ने थूऽऽ पिच्च जैसी हिकारत से मुझे देखा है और माँ की दुबली-सी बाँह को अपने पंजे की जकड़ के हवाले किया है।

लैण्डिग पर तेज-तेज लपकता वह आगे चल रहा है। वह लिथड़ती-पिछड़ती बेटे के पीछे-पीछे घिसट रही हैं।

पुतले

अखबार खुला पड़ा है और 'वीर जवान फण्ड' का विज्ञापन सामने है। कुछ-कुछ कवितानुमा—

'उसे भी हिन्दी गाने पसन्द हैं जैसे तुम्हें/उसे भी
इंजेक्शन लगवाने से नफरत है जैसे तुम्हें/वह
भी उसी तरह रोता है जब अमिताभ मरता है/
उसने भी वैसे ही प्यार किया जैसे तुमने/चोट
लगी तो उसका भी खून बहा जैसे तुम्हारा/वह
भी प्रसन्न होता है जब घर पर रहना होता है/
फुहार पड़ने से धरती की गन्ध उसे भी उतनी
ही पसन्द है जितनी तुम्हें/वह भी उत्फुल्ल
होता है जब भारत मैच जीतता है/वह भी
अपने बच्चों के लिए सपने साथ लेकर सोता है
जैसे तुम/पर...पर वह जिन परायों के लिए
मरने गया है...वह तुम हो'

लगा, किसी खंजर की नोक सीना चीरती निकल गयी है। ऐन मर्म पर तीखी चोट। अपील की गयी थी उदारता से दान दें। आपके कारण शायद कोई बच जाए।

लगा, कुछ करना होगा। जितना भी हो सके। अपनी हैसियत के अनुसार। हालाँकि उतने से उनका क्या बनेगा...पर अपने को सन्तोष तो मिलेगा। मन ही मन उसने सारे खाते खखोल डाले। स्टेट बैंक में शायद इतने होंगे...पंजाब नेशनल बैंक में लगभग इतने...ग्रिंडले की एफ.डी. तो कल ही तुड़ाई गयी। अविनाश को कार के लिए कुछ कम पड़ते थे। सेण्ट्रल बैंक के बारे में कुछ पता नहीं...क्यों पता नहीं...क्यों उसे कुछ पता नहीं रहता।

''मेरी पत्नी इन्नोसेंस की मिसाल है...कुछ नहीं जानती...जानना ही नहीं

चाहती। अब देखा जाए तो सिर पर छत किसको बुरी लगती है।'' अविनाश दोस्तों के बीच शेखी मारता है।

सुन लेती है। सुनना सबसे सरल है। सुनानेवाले का अहं सिंकता है। सुनने वाला चाहे तो शब्दों को नाली में ढुलका दे। स्थितियाँ जाँची नहीं जातीं जब तक ऐसी नौबत नहीं आती। गृहस्थी की शक्ल एक काले कम्बल जैसी है जिसके अन्धे ओढ़न के नीचे सबकुछ चलता है—ठीक, बेठीक दोनों।

बेचैनी की मार ऐसी थी कि लपककर सीढ़ियाँ चढ़ गयी और तानकर सोते पति को जगा मारा, ''उठो बस, अभी उठो, मेरा जी घबरा रहा है...उठो, मुझे तुमसे कुछ पूछना है।''

अविनाश तुनक गया, ''उफ। तुम हमेशा मेरी नींद पर बिल्ली की तरह झपटती हो...सण्डे की दोपहर...आ-जाकर एक दिन मिलता है सोने को...वह भी तुम।'' उसने कुछ ऐसे कुपित भाव से पत्नी को देखा कि चढ़ती हुई उत्तेजना वहीं दुबक गयी।

नींद में सहज वापसी नहीं हो सकी तो अविनाश खोखियाया-सा उठकर बैठ गया, ''क्यों?...क्या बेचैनी थी? ऐसा कौन-सा पहाड़ टूटा पड़ रहा था?''

''टूटा नहीं है पहाड़? तुम क्या जानते नहीं कि लड़ाई छिड़ गयी है। सरहद पर हमला हुआ है। हम कितने भी तैयार थे फिर भी इतने तैयार कहाँ थे। भलमनसाहत में मारे गये। विश्वास करते रहे।''

''अच्छा। बस-बस...ज्ञान न बघारो। मैं भी पढ़ना जानता हूँ। सुबह से चाट चुका हूँ। अखबार...''

''मैं अखबार की बात नहीं कर रही। अपनी कर रही हूँ। मुझे रुपये चाहिए। अव्वल तो दस...नहीं तो पाँच हजार तो चाहिए ही चाहिए। मुझे रक्षाकोष में भेजने हैं। यह क्या कि टीवी के सामने बैठे कटे-पिटे शव देखते रहो और हाथ मलते रहो...''

अविनाश असल में अब जागा। झल्लाया, ''अब तुम जरा चुप रहोगी। जाओ पहले चाय बनाकर लाओ। सोते हुए इनसान का सम्मान करना भी कोई चीज होती है...''

''मैं भी तो सम्मान की बात कर रही हूँ। मुझे रुपये चाहिए। सोमवार तक जरूर भेज देना चाहती हूँ। देखो, एड्रेस यह है। चाहो तो तुम ही चेक भेज देना अपने नाम से। मुझे इसकी परवाह नहीं, कौन भेजता है। रकम जानी चाहिए। सरकार को बताने का और क्या तरीका हो सकता है कि हम उसके साथ हैं।''

''सुनिए मेमसाब। दिमाग ठिकाने रखिए। यह जो शोहरत का शौक आपको चर्राया है यह घर में महँगा पड़ेगा। यहाँ क्या खजाना दबा हुआ है। एक से बढ़कर

एक खर्चे हैं। कल ही फोन के ढाई हजार जमा कराके आया हूँ। कल ही तुम्हारे सामने एक एफ.डी. टूटी। चार दिन पहले गौरव के मेडिकल के अगले साल की फीस चुकाई...और गिनाऊँ?...अच्छा है चुप बैठो...मुँह फाड़ने से कोई फायदा नहीं है। यह सब चलता रहता है। सरकारों के पास सबकुछ होता है। वह तुम्हारी झूठन की मोहताज नहीं...''

''अच्छा तो फिर क्यों चिल्ला रही है सरकार? क्यों हमारे जमीर को जगा रही है...इस तरह...इश्तिहार छाप-छाप कर। वैसे सोचो...वह हमसे नहीं माँगेगी तो किससे माँगेगी? दुश्मन से? हम लोगों ने सारी उमर माँगा है—मकान दो, सड़कें दो, पानी दो, नौकरी दो, स्कूल बनवाओ...। इस बार वह माँग रही है। वह तो कभी-कभार माँगती है...इस तरह ऐसे...इस भाषा में...माँगती है तो कलेजा चिर जाता है।''

''सरकार?...वो जो टैक्स लगा-लगाकर हमारी ही टेंट से पैसा निकालती है, सो?...उसका कोई जिकर ही नहीं। सरकार की सब हरकतें गैबी हैं। वो कहते हैं न...चित भी मेरी पट भी मेरी। चुपचाप रेतते भी रहो और खुल्लमखुल्ला इश्तिहार भी लगाओ तुम्हारे जैसों को बरगलाने के लिए। मस्ती काटो मेमसाब...कलेजा चिरने की कोई वजह नहीं है। खैर इस समय तो चाय बनाकर लाओ...और हाँ, देखो गाड़ी में कल खजूर और काजू के पैकेट भी छूट गये थे उन्हें भी लेती आना। गरम-गरम पानी कलेजे में ढुलकाना मुश्किल पड़ता है।''

''चाय ला देती हूँ। तुम मुझे चेकबुक निकालकर दे दो। घर में सुबह तो ऐसी हड़बड़ी मची रहती है। अभी से तैयार करके पर्स में रख लूँगी। सुबह रजिस्ट्री करा आऊँगी।...क्यों? रजिस्ट्री से ही जाएगा न पैसा?''

''कैसा पैसा?...किसका पैसा? तुमने कैसे सोच लिया कि मैं देने को तैयार बैठा हूँ। मेरी हींग-नमक से तोपों का पेट नहीं भरेगा।''

''तुम कुछ भी कहो...मैं तो तैयार बैठी हूँ। जिन्दगी में कभी-कभार कोई एक मौका आता है। अपनी जरूरतें तो हर समय चलती हैं...''

''कौन भकुआ कहता है कि अपनी जरूरतों के लिए मेरे पास बहुत है। देखती नहीं हो रोज...''

''यह भी तो देखती हूँ कि पिछले साल तुमने जमीन बेची थी। तब तो तुम्हें पैसे धरने के लाले पड़े थे। दोस्तों-यारों की बगल में घुस रहे थे तुम...''

''जबान मत खोलो...नहीं तो...''

''नहीं तो क्या कर लोगे?''

''कर तो कुछ भी सकता हूँ।''

''करने की ऐसी जरूरत क्या आन पड़ी है? तुम बस स्टेट बैंक की चेकबुक

मुझे दे दो...वह मेरा एकाउण्ट है।''

''वह एकाउण्ट तुम्हारा नहीं...तुम्हारे नाम का जरूर है। नाम से क्या होता है?''

''नाम से मैं मैं होती हूँ। नाम मेरा है। घर मेरा है। अपने घर में मैं क्यों कुछ नहीं कर सकती।''

''करने की तमीज होती तो सबकुछ तुम्हारे हाथ में न छोड़ देता...यू फुलिश वूमन।''

''तमीज होती तो भी तुम छोड़ न देते। तुम्हें माफिक आता है कि दूसरों को मूर्ख घोषित करते रहो और खुद राज करते रहो।''

''मूर्ख बनती क्यों हो?''

''हूँ नहीं, पर बनती हूँ क्योंकि जरूरत से ज्यादा छाती से लगाकर रखने की हवस नहीं है। इसकी जरूरत भी नहीं समझती। तुम यह सब चलाते हो, चलाओ। मैं और इतना कुछ नहीं चलाती...घर का सारा कुछ।''

''चलाती हो...जरूर चलाती हो पर खर्चे जानती हो? तब पर यह हिम्मत...पाँच-दस हजार फेंकने को तैयार हो...वह भी उस गड्ढे में जहाँ जान तक की कीमत नहीं। मूलियों की तरह कट-कट कर गिरते हैं वहाँ लोग।''

वह विस्फारित-सी पति को देखती रह जाती है। ऐसी हिकारत...ऐसा देखना...शायद...यही सब था जो अविनाश को सहन नहीं हुआ। कुर्ता उतारकर फेंका और बाथरूम में घुस गया। घुसा रहा। फिर बाथरूम से गुहार...''देखो जरा तौलिया बाहर छूट गया है...साबुन की बट्टी कितनी छोटी रह गयी है...तुम्हारा ध्यान ही नहीं...अब की टैल्कम लिरिल का नहीं, दूसरा आएगा...।'' उसका सिर भन्ना गया। पानी की धार का शोर...अधखुले दरवाजे से बाहर दौड़ती आवाजें। तौलिया अन्दर फेंककर उसने दरवाजा बन्द कर दिया।

तौलिया लपेटकर बाहर आया तो ''तुम भी एक ही हो। याद तक नहीं रख सकतीं कि आज चोपड़ा के लिए गैदरिंग है असित के घर। पूल पार्टी है। सामान खरीदते हुए जाना है।''

''वह सब तो ठीक है...पर मेरी बात तो पूरी हो...''

''हो जाएगी...रात को आकर बात करते हैं।''

''बात इतनी लम्बी-जैसी कुछ है ही नहीं। चेकबुक दे दो। देने हैं तो देने हैं। दस के बारह हो सकते हैं कम नहीं हो सकते। खुद खाते-पीते इतना कम देते शर्म नहीं आएगी?''

देखा अविनाश जूते कस रहा है और कोई धुन गुनगुना रहा है। चुप हो रही। ऐसे बीहड़ बेदर्द शहर में स्टीयरिंग पर बैठे आदमी से कोई ऐसी-वैसी बात नहीं

करनी चाहिए। ध्यान बँट सकता है।

दोनों निकले तो कबाब-शराब दोनों खरीदे गये। साथ में रसगुल्ले और रूमाली रोटी। पार्टी में खूब हलचल रही। वर्ल्ड कप के चर्चे...कारगिल की गरमागरम खबरें...दुश्मनों को दी जातीं मीलों लम्बी गालियाँ। कमबख्त एक दिन चैन से गुजारने नहीं देते।

लगा, अच्छा हुआ आये। खरबूजे को देखकर खरबूजा रंग बदलता है। जमावड़े में खबर चर्चा बन जाती है। उत्साह पैदा करती है। हिलाती है...झकझोरती है। दोस्तों की टोली में इस लबालब वफादारी में हिस्सा लेते अहमद और शफीक भी उसे खूब प्यारे, खूब साफ-पाक लगे। मन उमड़-उमड़ आया।

घर लौटते देर हुई। अविनाश लगभग धुत था। आते ही बिस्तर में लुढ़क लिया। वह जागती रही—किसी अनाम आवेग से घिरी। ऐसा पहले कभी नहीं हुआ पर हो रहा है। एक उदात्त संकल्प को साथ लेकर सोने का सुख अपने को ही विह्वल कर रहा है। कभी इस तरह, अलग से, किसी के लिए कुछ नहीं किया। ऐसा कर पाने का विचार ही भला-भला लग रहा है।

सुबह अविनाश सोकर उठा तो टहलने निकल गया। आया तो फोन से चिपट लिया। नहाया-धोया दफ्तर चला गया। समय दिया नहीं या मिला नहीं, वह नहीं जानती।

वह अच्छी तरह जानता है कि पत्नी के मन में वही प्रसंग सुलगा हुआ है, इसीलिए वह उसके आगे-पीछे घूम रही है...उसको घेर रही है। उसके दफ्तर चले जाने से यह लुका-छिपी का खेल खत्म हुआ लग सकता है पर उसके लिए नहीं हुआ। संकल्प जैसे का तैसा है—उतना ही अटल, रेशेदार। प्रतिरोध ने उसे और मजबूत ही किया है। मन में कहीं यह भी चुभन कि जूते माँगती, साड़ियाँ माँगती, जेवर माँगती तो क्या मिल जाते...जरूर मिल जाते। यह प्रदर्शन परिवार के माथे पर वैभव का टीका है जिसकी वह माध्यम बनी हुई है।

मन मैला हो आया। पर आश्चर्य कि निवृत्त होकर नहाने गयी तो जैसे एकाएक बदल गयी। शायद पानी की निर्मल तरलता ने मन की कालिख धो दी। अपने पर हँसी आयी—झर-झर हँसी। इन सब सालों में कैसी बदल गयी है—हुकुम की गुलाम, मियाँ की दुम। सोचकर देखे तो उसे दिक्कत क्या है? रक्षा कोष में रुपये भेजने हैं तो भेजने हैं। चेक काटे और भेज दे। अविनाश के आदेश की जरूरत क्या है? वह कुढ़ता है कुढ़ता रहे। और हजारों बातों पर उसका कुढ़ना-झुरना चलता नहीं रहता क्या?

टेबल पर बैठी तो पहले बड़ी दीदी को पत्र लिखा। खत में छोटी-सी शेखी और ताकीद..."तुम तो लाखों-करोड़ों वाली हो तुम्हें तो जी खोलकर पैसा भेजना चाहिए, मैं तो बस...वैसे दस हजार होते ही क्या हैं इतने बड़े महायज्ञ में..."

दूसरा विनय-भरा पत्र 'निदेशक, आर्मी सेण्ट्रल वेलफेयर फण्ड' को लिखा। कलम रखकर चेकबुक के लिए ड्राअर खोली तो अवाक् । चेक बुक्स गायब थीं, बल्कि पासबुक भी। आघात का पहला आवेग कटते ही लगा कहीं और तो नहीं रख बैठी। सभी सम्भव ठिकाने खखोल डाले पर कोई सुराग नहीं।

अब नसों में उफनती हुई तल्खी...लगभग अरोक। फोन उठाया। जवाब-तलब के लिए उद्धत बोल, "सुनो, चेकबुक्स क्या तुम साथ ले गये हो?...और पासबुक्स भी...पर क्यों?"

यह 'क्यों' एक मनहूस चुप्पी के गर्भ में ठहरी रही। उसने फिर टोहका दिया मैं पूछती हूँ, "इनकी दफ्तर में जरूरत क्या थी?"

उत्तर तुरन्त तो नहीं पर रुककर आया, "रिटर्न भरने थे इनकमटैक्स के।"

"ठीक है। शाम को लेते आना...जरूर," विश्वास-लाभ उसने पति को दिया। वही सही। शाम को अविनाश आया पर चेकबुक्स नहीं आयीं। पूछा, "क्या भूल गये?"

बोला, "नहीं, भूला नहीं।"

"तो फिर?"

यह वाली 'तो फिर' एक आवेगहीन निरुत्तरता में जमी रही। बाद में इधर-उधर फेंक दी गयी।

वह क्या समझे इसे?...हैसियत का सवाल?...अधिकारहीनता?...पराधीनता की फाँस?...इच्छा का अनादर?...कुछ नहीं का बोध?...परावलम्बन?...पौरुषीय वर्चस्व का दम्भ?...स्वेच्छाचारिता?...संवेदनहीनता?

उफ! सोच की कथरी में इतने सारे छेद? इऽऽतने सारे? देखे उसने। पहली बार। एक साथ। यह क्या तुम हो अविनाश, प्यार, अधिकार के कवच में स्वात्म के अधिकार से बेदखल करने वाले...और, और जिसे अभियुक्त ठहराया उसे पता तक नहीं।...पता तक नहीं।

मन हुआ पूछे...खोदे...जमीन साफ करे...वह क्यों समझता है कि चेकबुक रोक लेने से उसका इरादा खारिज हो जाएगा, उल्टे...पर भिड़ने का मन नहीं हुआ। भिड़ने से असली बात अधबीच रह जाएगी। वह इसे कारगिल से जुड़ी बात समझेगा। युद्ध के समय, देश के लिए भड़-भड़ उमड़ते, किसी अस्थायी आवेश की। तुरन्त के सन्दर्भ का काँटा प्रमुख हो जाएगा, इबारत पीछे छूट जाएगी।

यों जानती है खोखियाएगा, झल्लाएगा, झिकाएगा...पर जिद करेगी तो पैसे

दे भी देगा शायद, पर यह नहीं जान पाएगा कि कितने सवालों की नोकें एक साथ उठ खड़ी हुई हैं।

आपसी विश्वास के परिवृत्त पर पड़ती रोशनी कौन से कोने से धूमिल होने जा रही है। यह धुआँस, अगर फैली, तो जीवन के कौन-कौन से हिस्से को ले बैठेगी। तब वे आवाज से भरे पुतले भर रह जाएँगे और...और कौन जाने...।

डोर

अस्पताल का अहाता। जनवरी की सुबह। चीरती सनसनाती हवा। धूप इतनी फीकी कि शरीर को जरा-सा भी सेंक देने में असमर्थ। तेजी से गुजरते जाने कैसे मैं पास के स्ट्रेचर से भिड़ गया। एक चीख हवा में थर्रा गयी।

वह चीख उस स्ट्रेचर पर पड़े लड़के की थी जिसे मैंने नहीं देखा था। नंगे ठण्डे स्ट्रेचर पर वह फटी निक्कर कमीज पहने लेटा था बिना कुछ ओढ़े। टाँगें पतली साँवली। पैर कोयले से काले। चेहरा जगह-जगह से कटा-फटा। नाक के नीचे का भाग कुचला हुआ-जख्मी। होंठ एक तरह से नदारद।

वह जार-जार रो रहा था। मेरे द्वारा स्ट्रेचर के हिला दिए जाने पर वही चीखा था। उसका हाथ कलाई से आगे लटका हुआ था। हड्डी वहीं से दो टुकड़े हुई होगी। इसे बिना एक्सरे के भी देखा जा सकता था।

उसके साथ आये अधेड़ ने उसे तीसरी बार घुड़का, ''कह तो दिया, अभी डॉक्टर आएँगे तो देख लेंगे...ठीक हो जाओगे। फालतू में कान फाड़ रखे हैं,'' ऐसा कहते अनमने अन्दाज में अधेड़ ने उसकी बाँह को छू दिया। लड़का फिर बिलबिला उठा।

रविवार की इस ठण्डी सुबह इमरजेंसी वार्ड भी जैसे छुट्टी पर है। दरवाजे सहम-सहम कर खुल रहे हैं। छिटपुट नर्सें लापरवाही से इधर-उधर डोलती नजर आयीं।

अपने कुचले हुए हाथ के अँगूठे के छोटे से दर्द को मैं भूल गया। लड़के की चीख मेरे भीतर धँसती गयी। ''सिस्टर, मरीजों को कब देखा जाएगा?''

नर्स ने मुझे नीचे से ऊपर तक देखा, फिर सफेदपोशी के सम्मान में एक कुर्सी मेरी ओर खिसकाकर बोली, ''आप बैठिए, डॉक्टर साहिब पहले आपको देख लेंगे।''

मैं अपनी बात नहीं कर रहा, कहना मुझे व्यर्थ लगा। मैं आगे को टहल आया। लड़के के कूकने की आवाज वहाँ तक भी पहुँच रही थी। एक कँपकँपी उसके पैरों को ठण्डे लोहे से बजाती और उसकी चोटीली बाँह को बार-बार दर्द

की तड़प में लपेट रही थी।

लड़के के सिरहाने लगभग बारह-तेरह साल की एक लड़की भी खड़ी है, मैंने अब गौर किया। भरा हुआ गोल गोरा चेहरा और पनीली डूबती-सी आँखें। वह लाल रंग के स्वेटर पर एक शॉल ओढ़े लड़के के सिर पर हाथ रखे खड़ी दीखी।

अधेड़ ने एक बार फिर उदासीन भाव से लड़के की ओर देखा और खुद धूप के टुकड़े की ओर लपक लिये। बाकी सब लोग वहीं आपद-कक्ष के बाहर जमे खड़े रहे।

डॉक्टर के आते ही हड़बड़ी-सी मच गयी। फोन पर नौ बजे का समय नियत कर चुके होने के बाद भी मेरे मन में भीड़ को काटकर आगे जाने की इच्छा न जागी। लगा, मैं शायद उन अधेड़ के आगे आने की प्रतीक्षा कर रहा हूँ जो अभी भी वैसे ही धूप में जमे खड़े थे। उधर ठण्ड और पीड़ा के आघात खाती लाचारी स्ट्रेचर से पेशाब बनकर चू रही थी।

"थोड़ी देर रोक नहीं सकते थे...स्साला बदजात। कहा नहीं था अभी डॉक्टर आते होंगे। आते नहीं होंगे...आ गये हैं।"

"अरे आप जरा ध्यान तो दीजिए, जाइए लड़के को दिखाइए"—मेरी आवाज में हिकारतभरी तेज़ी छलक आयी थी। मन हुआ उस लड़के को ऐसा कुछ कहूँ जो उसे खूब-खूब अच्छा लगे पर कुछ भी न सूझा। उसकी दर्दीली कँपकँपाहट कलेजे पर बजती रही।

देखते ही देखते छोटी सी भीड़ डॉक्टर के गिर्द जमा हो गयी। मैं लड़की के पास टहल आया, "तेरा भाई है?"

"हाँ।"

"क्या हुआ इसे?"

"पतंग उड़ाते खपरैल से गिर गया है।"

"उसके ओढ़ने के लिए कोई चादर वगैरह लानी चाहिए थी...इतनी सर्दी है!"

वह सकुचा गयी, "जल्दी में आ गये। माँ बहुत घबरा गयी थी।"

"तुम्हारे पास दो कपड़े हैं, तुम अगर..."

वह एकाएक व्यस्त हो आयी। जल्दी से उसने अपना शॉल उतारा और तत्परता से भाई पर पसारने को हुई। इतने हलके से स्पर्श से लड़के का दर्द ताज़ा हो आया। वह चिंघाड़ा। मैंने देखा, ऐसे में लड़की ने अपना होठ काटकर जख्मी कर लिया है।

तभी वह अधेड़ लपककर आये और लड़की के कान में कुछ कहकर वहाँ से सरक लिये। 10-15 मिनट बाद हाथ में एक पैकेट लिये हुए लौटे। पैकेट में से एक

चीकू निकालकर लड़की की ओर बढ़ाया और दूसरे को दोनों हथेलियों के बीच दबाकर खोल दिया। चीकू का आधा भाग अपने मुँह में रखा और दूसरा लड़के के मुँह में ठूँसने लगे—"ले खा।...आधा दर्द तो मटका भर जाने पर चला जाएगा।"

लड़का बेचैन हो आया। उसका रोना और इनकार करना साथ-साथ चलने लगा। अधेड़ चीकू का टुकड़ा उसके मुँह की गुफा में ठूँस सकने में बज़िद दीखे। डाक्टर ने देखा तो गुर्राया, "अजी रहने दीजिए...उलट देगा। आपको खिलाने की पड़ी है...उसकी हालत तो देखिए...जाइए पहले एक्सरे करवा के आइए।" डॉक्टर ने वार्डब्वाय को उनके साथ जाने का आदेश दिया।

एक्सरे केबिन के सामने पहुँचकर बड़ी-बड़ी मशीनों को देखते ही लड़के का चिल्लाना ताज़ातर हो गया, "नहीं, नहीं, मैं अन्दर नहीं जाऊँगा।" यों भी वार्डब्वाय की अभ्यस्त तटस्थता ने ढलान से उसका स्ट्रेचर जिस खूबी से उतारा था वह उसके रेशे-रेशे को हिला देने को काफ़ी था।

"नहीं जाएगा?....जाएगा कैसे नहीं!" अधेड़ ने घुड़का।

"तुमने कभी फोटो खिंचाई है बेटे। एक्सरे भी ऐसा ही होता है। उससे दर्द नहीं होता।" मैं जाने क्यों हस्तक्षेप किये बिना न रह सका।

उसने ऐसी आँखों से मुझे देखा जैसे आँखें ही पूरे का पूरा जिस्म हो। अधेड़ दूसरी ओर मुँह करके नाखूनों से चीकू छीलने में लगे थे।

एक्सरे के लिए लड़के का और मेरा नम्बर आगे-पीछे था। अधेड़ की चिन्ता किये बिना मैं स्ट्रेचर के साथ हो लिया।

टेबल पर की उलट-पलट लड़के को दर्द से दोहरा करती रही। उस कवायद में वह ही नहीं रोया, उसकी बहिन भी फफक-फफक कर रोने लगी। एक नन्हीं-सी माँ उसके भीतर उग आयी थी।

बाहर वह अधेड़ जल्दी-जल्दी चीकू गटकने में लगे थे। "हो गया?" उन्होंने लड़की को देखते ही हथेली की पीठ से अपना मुँह पोंछा।

"हाँ हो गया पर अभी रुकना पड़ेगा। ठीक नहीं आया तो फिर से फोटो लेना पड़ेगा।"

अब गलियारे में पड़ी बेंचों पर सब लोग जगह लेने लगे। मैं जाने क्यों अधेड़ से सटकर बैठा, चाहे उन्होंने दो इंच परे खिसककर मेरी सफेदपोशी के विरुद्ध अपना विरोध प्रकट कर ही दिया।

"बेचारे को बड़ी चोट लगी है", मैंने बात चलायी। "आप तो अब उसे दाखिल करवा के ही जाएँगे?"

"ऐसा कुछ नहीं..." वह तड़ककर बोले, "घर में ठीक रहता है। यहाँ इतनी भागदौड़ कौन करेगा!"

"आपका...?" मैंने अपना वाक्य उनके पूरा करने को छोड़ दिया।

"मेरा लड़का है," वह रुखाई से बोले, "बड़े होकर खा-पीकर सब साले सटक जाएँगे...मतलबी...हरामखोर..."

"आप यहाँ क्या करते हैं?"

"चटाईयाँ बेचता हूँ...दक्खन से मँगा कर..."

"कितने बच्चे हैं आपके?"

"होंगे कोई छः-सात..."

"मेरे ख्याल में तो आप उसे यहीं रहने दीजिए। जनरल वार्ड में कोई साथ न भी रहे तो चल सकता है, पर हाथ में कहीं कोर-कसर रह गयी तो..."

"क्यों जनाब?...बाप आप हैं या मैं? वह तनकर खड़े हो गये। "सुबह से देख रहा हूँ बरगला रहे हैं स्सालों को। आप अपना काम क्यों नहीं देखते जाकर..."

मुझे जैसे चौराहे के बीचोबीच किसी ने नंगा कर दिया हो। आसपास के लोगों से मुँह चुराकर मैं डेवलपिंग रूम में घुस गया और अपना एक्सरे लेकर डॉक्टर के पास चला गया।

डॉक्टर के पास खड़े-खड़े मुझे स्ट्रेचर की खड़खड़ाहट सुनाई दी। अधेड़ एक्सरे की गीली प्लेट लिये आगे-आगे आ रहे थे और हिचकोले खा-खाकर चीखता बिसूरता लड़का पीछे-पीछे।

मन में आया कि लड़के की रिपोर्ट देख लूँ पर मैं चुप खड़ा रहा। डॉक्टर ने लड़के को ऑपरेशन थियेटर में ले जाने का आदेश दिया। हड्डी बेहोश करके बिठाई जाएगी।

वे दोनों स्ट्रेचर के साथ अन्दर की ओर मुड़े तो मैं बाहर चलने लगा।

"सुनिए" एक बेहद कमजोर पतली-सी आवाज पीछे से आती मैंने सुनी। वह लड़की मेरे पीछे-पीछे दौड़ती आ रही थी।

मुझे रुकता देख वह लपककर बोली, "क्या आप थोड़ी देर रुक नहीं सकते...भैया के पलस्तर लगने तक?"

"मैं क्या तुम्हारा बाप हूँ" जैसा कोई वाक्य मेरे मुँह में बिलबिलाया था पर इस तरह अपरिचय के सागर को लाँघती-फलाँगती आती उस बच्ची की याचक आँखें...। मैं अपने आक्रोश को गटक गया और पलटकर ऑपरेशन थियेटर के बाहर जाकर खड़ा हो गया। थियेटर का दरवाजा बन्द था। लड़की एकदम गुमसुम-सी मेरे बगल में खड़ी रही। वह अपने आँचल को बार-बार दाँतों के नीचे दबाती और अँगुलियों से नोचती दिखी।

"तुम्हारा नाम क्या है?"

'जमीला' कहकर वह चुप हो रही। दो चार बार मैंने उसे बोलने के लिए उकसाया भी पर वह सहमी-सी सिमटी खड़ी रही दरवाजे पर आँखें गड़ाये।

दायें से बायें, बायें से दायें पैर पर अपना वज़न टिकाते मुझे अपना वहाँ खड़े होना बड़ा ही मूर्खतापूर्ण लग रहा था। अधेड़ के आ टपकने की सम्भावना से तो और भी अधिक।

''तुम अपने अब्बा से बहुत डरती हो?'' मैंने उसे बातचीत में घसीटना चाहा।

''सब उनसे डरते हैं...आप भी तो...''

''मैं क्यों डरने लगा!'' मैं हड़बड़ा गया। उत्तेजित हो गया।

वह मेरा मुँह ताकती फिर चुप हो गयी। तभी दरवाजा खुला। स्ट्रेचर पर लेटा लड़का और साथ चलते अधेड़ बाहर आये। बेहोशी में होने के कारण लड़के का चेहरा एकदम शान्त था। उसे संलग्न कक्ष में ले जाया जा रहा था।

अधेड़ को देखते ही मेरे पैरों ने दिशा बदली। मैं गेट की ओर चल निकला।

सड़क पार कर मैंने आटो-रिक्शा ठहरायी। पहली सवारी से निपटते रिक्शा वाले ने मुझे बैठने का निर्देश दिया। आधा शरीर रिक्शे में दाखिल भी नहीं हुआ था कि मैंने देखा कि दोनों ओर से आ-जा रहे ट्रेफिक की परवाह किये बिना, वह लड़की इधर भागती आ रही है लगभग बदहवास, बेतहाशा।

''रुकिए...जरा रुकिए...सुनिए....सुनिए....!'' वह हाँफ रही थी। 'सुनिए तो सही...डॉक्टर कह रहा है हमें यहाँ तीन-चार दिन रहना पड़ेगा।''

''हाँ..., हाँ...तो?'' मेरे इस तरह 'तो' कहने पर वह एकाएक थम गयी। कुछ सोचकर बोली, ''क्या आपको कल पट्टी नहीं लगेगी?''

''नहीं।''

''कब लगेगी?''

''अब नहीं लगेगी।''

''ओह!'' वह एकदम हताश होती दीखी, फिर रुआँसी-सी होकर बोली, ''सुनिए...क्या आप कल आ नहीं सकते? हम तीन नम्बर के वार्ड में हैं।...आईए न!'' वह फिसक जैसी रही थी।

''क्या करूँगा आकर?'' मैं उससे कहने की हिम्मत जुटा रहा था...सोच रहा था क्या उसके पास कोई तीसरा नेत्र है...वह कैसे किसी अनजान के भीतर की नमी को छूने दौड़ रही है। किस अजाने तरीके से वहाँ तक पहुँच रही है। कुछ बोल पाता इससे पहले ही, उसने आगे बढ़कर मेरी बाँह थाम ली, ''बोलिए...आएँगे न?''

उसका हाथ एकदम ठण्डा पर पकड़ में मजबूत था—''और तुम्हारे अब्बा...'' मैंने अचकचा कर कहा।

"वह मेरे अब्बा नहीं हैं।" वह तड़ककर बोली।

"तो फिर?"

"तो...तो मुझे नहीं मालूम...माँ को मालूम है।"

"तेरे अब्बा कहाँ हैं?"

"मर गये। तीन साल पहले।"

"और ये?"

"यह हमारे घर के पास रहते हैं। आते-जाते रहते हैं हर वक्त..." वह अधबीच चुप हो रही।

"तो...तो...यह तेरा सगा भाई है?"

"हाँ...मेरी एक बहिन भी है छोटी।" इस प्रसंग से फिर उसका गला भर्रा आया। उसने फिर मेरा हाथ दबाया और अपनी याचक आँखों की कीलें मुझ पर गाड़ दीं।

मैंने सिर हिलाया। वह भाग गयी।

अगला दिन चढ़ आया है। बहुत सोच समझकर ही मैंने वहाँ न जाने का फैसला किया है। मेरा जाना उन बेचारों की कठिनाई को बढ़ाएगा ही। वैसे भी उस दलदल में फँसने मैं क्यों जाऊँ। क्यों जाऊँ वहाँ, जहाँ कोई तिरस्कार की टोकरी मेरे सिर पर औंधी कर देने को तैयार बैठा है।

पर शाम तक तो मेरे इरादे की फूँक निकलने लगी। बीच सड़क के....तेज़ दौड़ते ट्रैफिक की परवाह किए बिना....मुझ तक दौड़ते उसके पाँव...कलाई को कसता ठण्डा हाथ...डबडबाई निर्दोष याचक आँखें...मुझे लग रहा है मैं न चाहने पर भी उस पतली-सी पुकार की डोर से अनायास खिंचता चला जा रहा हूँ।

दलदल

''जो कुछ भी, जितना कुछ भी मेरा है, वह तुम्हारा भी तो है।'' ठीक यही शब्द थे जो आरती के मन में कौंधे थे पर बोल न फूटा। अपने को ही अटपटी-सी लगी थी, ऊबड़-खाबड़ जिन्दगी पर फेंकी जाती ऐसी गीली-सी बात।

फिर जो कुछ भी वह कहती, उसे अमर उसी रूप में लेता इसकी कोई आशा नहीं थी। उल्टे कुढ़ता, सोचता विष की बजाय गुड़ देकर मार रही है पत्नी।

उठ खड़ी हुई पर कमरे से बाहर चले जाने की इच्छा नहीं हुई। मन में अधूरी अव्यक्त-सी बात। वहीं मेज के पास खड़े-खड़े दराज का अंगड़-खंगड़ साफ करने में लगी। चित्त नहीं लगा। वस्तु का वस्तुपन स्पर्श से परे बना रहा। शायद पीछे से चलता आया उद्रेक मन में कहीं सीज रहा था। कुछ और करने से पहले मन मुक्त तो हो।

अब तक अमर ने अखबार मुँह के सामने रख लिया था। एक आड़। एक ओढ़न। इस ओढ़न को ही तो उसे चीरना है। शीशे के उस पार घुटते व्यक्ति से कहना है कि खुलकर साँस लो। ऐसा कुछ नहीं हो गया है डुबो देनेवाला। यह कोई जरूरी तो नहीं कि जिन्दगी अपनी इच्छा और अनुमान की सीध में ही चले।

''मैं कुछ कह रही थी,'' आरती ने कहा, हालाँकि उसने अब तक कुछ भी नहीं कहा था। ऐसा उसने ध्यान खींचने की गरज से किया था, ''तुम बायोडेटा तैयार कर देते तो अच्छा था। वर्मा साब से बात हुए भी चार-पाँच दिन हो चुके हैं। गरज अपनी है।''

अमर ने अखबार नीचे पटका, ''ऐसी कोई गरज अपनी नहीं हैं। मैं नहीं चाहता गरज की आड़ में तुम बॉस के आगे-पीछे पल्लू लहराती रहो। समस्याएँ सबके घर होती हैं।''

''तुम जानते तो हो कि वर्मा साब ऐसे नहीं हैं। कई बार बता नहीं चुकी मैं।'' वर्मा साब कृपालु हैं, दयालु हैं, अपने स्टाफ के लिए संरक्षण का भाव रखते हैं, इस बात को वह इस समय दोहराना नहीं चाहती थी। उनकी साधुता को बखानने बैठती तो लेने के देने पड़ जाते। वर्मा साहब की नेकनीयती को पक्षपाती लोलुपता के खाते

में डाल दिया जाता।

अमर नहीं समझता नजाकत उधर भी है। एक बार मौका देखकर पति की नौकरी के बारे में कह चुकी है। नियत काम से ज्यादा काम करके खुश कर चुकी है। अच्छा असिस्टेण्ट सबको रास आता है। बोझ हल्का हो जाता है। समय पर आती है, जो ड्राफ्ट उन्हें बनाने चाहिए बनाती है। जो उन्हें सोचना चाहिए पहल करके सोचती है। सलाह देती है। अपने पद से ज्यादा वह उनकी कुर्सी पर बैठी जिम्मेवारियों से चिन्तित दीखती है। पर कहाँ तक...रोज-दर-रोज बैल बने रहना। दफ्तर में निपुणता का सेहरा कमाना बड़ा महँगा है। घर-बाहर की खींचतान में ऐसी कमाई से कोई लाभ-लगाव हो ऐसा भी नहीं। नौकरी करती है तो करती है। जब नौकरी के लिए अपने को तैयार किया था तब मन में था कि सेना वालों को पीस-पोस्टिंग हमेशा नहीं मिलती कि परिवार मिलकर साथ रहने लगे। कुछ करते रहना अच्छा है। वैसे भी सेना में पता नहीं कब...। नहीं तो यह नौकरी भी एक ढर्रा है। एक आदत...एक मौसम में बने होने की आसानी। उसे कौन से पदक लेने हैं वर्मा साब से। आज वह हैं तो कल मिस्टर शर्मा या नियोगी या अग्रवाल आ जाएँगे। फिर एक नये किस्म की तैनाती। फिर नयी योजनाएँ। फिर खूब काम...फिर तुष्टीकरण...फिर विश्वास का प्रमाण-पत्र। वेतन चाहे जितना मिलता है उतना ही मिलता रहेगा।

यह नजाकत अमर जान सकता है पर जानना नहीं चाहता। अपने ही मन की दलदल में ऊबता-डूबता रहता है।

यों दफ्तर में इन दिनों वह सच में वर्मा साब के आसपास एक अदृष्ट छाया की तरह घूमती है। उसके पास अपेक्षा-उम्मीद की यही छोटी-सी जगह है। उनकी पी.ए. है, कर्तव्य है, वह एक बात है, पर काम में वैसी प्रेरणा और पहल आजकल उसकी रहती है। वर्मा साहब का काम ओढ़ पाती है, क्योंकि वर्मा साहब से उसे अतिरिक्त प्रतिदान माँगे जाने का भय नहीं है। कलुषित कुटिल संसार के हिसाब से जमीन का वह टुकड़ा उसे साफ-सुथरा लगता है। निपुण, और कर्तव्य-परायण होना वहाँ काफी है। देखा जाए तो यह हर ऑफिस की शर्तें हैं। जो शर्त में शामिल नहीं है वह उनके साथ कभी-कभी...या अब अक्सर बैठकर दोपहर बाद की चाय पीना। केतली से कप में चाय ढालते वह सचेत रहती है कि वर्मा साब की चाय में भूल से चीनी न पड़ जाए। वह मधुमेह के रोगी हैं। इस निजी जानकारी के चलते उसने एक बार उन्हें जामुन की गुठली और मेथीदाने का चूर्ण पीसकर दिया था, जिसे वर्मा साब ने अतिरिक्त कृतज्ञता से लिया।

"चूर्ण खाया?" तीन-चार दिन तक अपनी उत्सुकता दबाते उसने पाँचवें दिन पूछा।

"हाँ, खाया...भूल न जाऊँ इसलिए मैं उसे सुबह-सुबह ही फाँक लेता हूँ।

हम उसे 'आरती चूर्ण' कहते हैं।''

''और बना दूँगी सर!''

''नहीं, वह बना लेंगी। जानती हैं। तुम आखिर कितने काम करोगी। थैंक्यू स्सो मच!''

आरती को लगता है उसके सिर पर आकाश है, चाहे आकाश कभी सिर को नहीं छूता पर वह होता है हमेशा। साबुत, व्याप्त।

अमर के जख्मी होने के हादसे के समय तो वह एस. के. मजूमदार के अधीन काम करती थी। एस. के. को देखकर लगता था वह पुराने राज के असली खैरख्वाह हैं। वही रोबदाब, वही सख्ती, वही मैनरिज्म, वही पद-परायणता के अनुसार ऊपर-नीचे का व्यवहार। कोई सीमा लाँघ नहीं सकता था। किसी को हँसना भी हो तो भी वह अपनी बराबरीवालों के साथ ही हँसे। एस. के. के बाद वर्मा साब के साथ काम करना मानवीय ऊष्मा और गरिमा की सरहद में दाखिल होने जैसा था।

कुछ तो अपने अवचेतन में रहा होगा, कुछ वर्मा साब का संरक्षक स्वभाव कि आरती उनसे कह बैठी, अमर के इस तरह दुर्घटनाग्रस्त होने की बात। कि कैसे ब्रिगेडियर या जनरल की सीढ़ी तक पहुँचने का धुर बचपन से पाला गया उसका सपना खण्डित हुआ था। वह भी कितनी जल्दी। सेकेण्ड लेफ्टिनेण्ट से कैप्टन बने अभी साल भर भी नहीं हुआ था कि पैट्रोलिंग के दौरान घुटने से नीचे तक की टाँग उड़ गयी...।

''टाँग उड़ गयी?...माने?''

''पैट्रोलिंग के दौरान दुश्मन के बिछाये बारूद का शिकार बन गया। विस्फोट में दायीं पिण्डली ही चली गयी। डेढ़ साल तक तो उपचार ही चलता रहा। जख्म ठीक हुए तो नकली टाँग फिट करायी गयी। वह सब तो अलग तरह की दिक्कतें हैं पर सच बात तो यह है उसका तन जितना जख्मी था सो तो था, मन उससे ज्यादा जख्मी बना रहा।''

''तो क्या उन्हें रोज छोड़कर आती हो अकेला?''

''नहीं अम्माँ हैं, ननद हैं। मेरा बेटा है।'' पहली बार आरती अपने घर के दरवाजे खोल रही है। शायद वह नहीं जानती कि सामने बैठे किसी को अपना दुःख सुनाया जाता है तो आवाज के साथ आवेग भी लिपटता चला जाता है। पलभर में ही दबे दर्द की तपिश से उसका चेहरा थरथराने लगता है।

वर्मा साब अनुभवी हैं। बात का रुख मोड़ देते हैं, ''पर ऐसे में तो ग्राउण्ड पोस्टिंग दे दी जाती है। सेना के दूसरे विभागों में...नहीं?''

''मिली तो थी पर उसने लेनी कहाँ चाही!'' आरती अब थोड़ी उत्तेजित हो गयी थी। टीचिंग में, स्टाफ मैनेजमेण्ट में...एडमिनिस्ट्रेशन में ऑफर थी, पर आव देखा न ताव, रिटायरमेण्ट माँग लिया। एक ही रट कि सेना में रहना है तो नीचे की श्रेणी में नहीं रहूँगा। आखिर एन.डी.ए. से शुरू किया था...''

वर्मा साब अब चौंके, ''तो क्या तब से अब तक खाली हैं?''

''नहीं, ऐसा तो नहीं, पर जिन्दगी ढर्रे से उतरती है तो बस उतरती चली जाती है।'' फिर आरती ने विस्तार से बताया—किस तरह मुश्किल से वह अपने को ठोंक-पीटकर तैयार हुआ था। काठी बाँधी थी चित्त के घोड़े की। एक दोस्त के सुझाने पर पचकुइयाँ रोड से आगे शुरू होते सायकिल बाजार में सायकिलों के धन्धे में सारा पैसा डाल दिया था। तब मन में एक लहर भी थी कि पेट्रोल दिनोंदिन महँगा हो रहा है। यही एक सस्ती स्वाश्रयी सवारी है जो बचेगी। खूब मन लगाकर काम करना शुरू किया था हालाँकि कभी-कभी बुरी तरह उखड़ जाता था।''

''मैं समझ सकता हूँ। मुश्किल रहा होगा।''

''मुश्किल काम करना नहीं था। मुश्किल था सेना के वर्दीपोश रोबदाब में से निकलकर सीधे बाजार के बीचोंबीच बैठना। ऐसी जगह, जहाँ जायज-नाजायज कुछ है ही नहीं। हर समय वही भाव-तौल। सेकेण्ड्स के माल की लीपापोती। गद्दियों के स्प्रिंग तक में हेराफेरी। वह उखड़ जाता था। उसे सब कुछ यहाँ नंगा लगता था। सब कुछ खुले-आम...बेहिचक...''

''तो क्या छोड़ दिया?''

''छोड़ नहीं दिया...छूट गया। पूँजी भी साथ ही डूब गयी। एक रात आग क्या लगी कि सब कुछ फुँक गया। पता नहीं शार्ट सर्किट हुआ, किसी ने शरारत की या कुछ और। वैसे ही इन दुकानों में रबर और प्लास्टिक का माल भरा रहता है। क्या बचता! हमें तो सुबह खबर मिली। जब तक पहुँचे गीली भुतैली-सी दलदल फैली मिली। शायद फायर ब्रिगेड देर से पहुँचा होगा। कुछ पता नहीं। जानकर भी क्या हो जाता।''

वर्मा साहब चुप के चुप रह गये। इस दमकते चेहरे के पीछे इतनी दाह...ऐसे हालात और ऐसी भरोसेमन्द निपुणता। दुखी हुए कि इस स्त्री को पिछले साल इससे अच्छा सी.आर. क्यों नहीं दिया।

अपने इतना बोल जाने पर उनकी चुप्पी से आरती एकदम असहज हो आयी। पछतायी भी। क्यों उसने अपनी अब तक की बँधी पोटली खोल दी। स्थितियों पर जब तक ढक्कन है, सम्मान है। नहीं तो कोई भी आँगन में झाँककर उघड़ापन देख ले...लज्जित करे।

''वैरी वैरी सैड! कुछ अन्दाजा नहीं था। देखो कुछ करता हूँ।'' दी गयी

सान्त्वना तो तिनका भर थी, आरती को शहतीर भर लगी। विचलित हुई पर जानती है विचलित होना इस चारदीवारी में वर्जित है...''जस्ट ए मिनट सर'', कहते हुए गोलमोल-सी आज्ञा माँगकर बाहर निकल आयी।

शाम को घर जाने से पहले ही पेशी हुई थी। वर्मा साब ने अमर का बायोडेटा लाने की ताकीद की थी, ''डिटेल्स सामने न हो तो बात नहीं हो सकती। वैसे मैंने अग्रवाल से बात कर ली है।''

आरती मुँह बाये उनका मुँह देखने लगी, ''कौन अग्रवाल!''

''सारा सर्विसेज का मैनेजिंग डायरेक्टर! अपना जिगरी दोस्त है। कहता तो है....।''

घर जाकर खबर सुनायी तो माहौल में तुर्शी तैर आयी। अमर ने इसे अफसर द्वारा फुसलाया जाना माना। साथ में यह चेतावनी भी कि तुम समझती क्या हो, यह मर्दों की दुनिया है, इसे मैं अच्छी तरह जानता हूँ।

नहाकर आयी तो तैयार होते-होते अमर को हौले-हौले फिर से ठेलती भी गयी। अमर कुछ भी कहे, आरती को जरूरी लग रहा है इस मौके को पकड़ना। इस मौके के बनने में जो कुछ भी है उसे केवल वही देख सकती है। वही जान सकती है। इस जानने को समझाना-जताना नहीं हो सकता...। यों भी समझाने बैठी नहीं कि...

''कागज तैयार हो गये हों तो लेती जाऊँ। एक-दो दिन बाद तुम जाकर मिल लेना।''

''कहा न मुझे जल्दी नहीं है, मैं कुछ और सोच रहा हूँ।''

''कुछ और क्या?''

''तुम जाओ न अभी। घड़ी तो देखो।''

वह 'कुछ और' क्या है आरती को सच में इस समय जानने का समय नहीं है। शाम को आएगी तो समझेगी।

आकर जो समझा वह क्षुब्ध कर देने वाला था। ''भाई जी जो मेरठ में बिल्डर हैं,'' अमर ने कहा, ''मैं उन्हीं के साथ काम करने वाला हूँ। उन्हें बरसों का अनुभव है। अब तक आपस में दूरी थी तो क्या, अपने मिटाने से ही मिटती है। सगा मारेगा तो क्या छाँह में तो फेंकेगा।''

''पर....पर,'' आरती बौखलायी, ''तुम इस बात का मतलब समझते हो? समझते हो कुछ? मेरी नौकरी यहाँ है, ऐसे में क्या छोड़ दूँगी या रोज अप एण्ड डाउन करूँगी? जानते हो इसमें से कुछ भी नहीं हो सकता। परिवार टूटेगा सो अलग। यह कहाँ की अक्लमन्दी है?''

"अक्लमन्दी वही तो नहीं जो तुम्हें सूझती है।"

"न सही, पर जो रास्ते खुले हों, उन्हें पहले आजमाया तो जाए।"

"जो कहना था कह दिया, अब मुझे कुछ नहीं कहना।"

फिर वही आँख बचाती चुप्पी। व्यस्तता का ओढ़ा हुआ भाव। टूटे हुए पुल। आखिर क्यों। वह सामनेवाले के लिए इतनी जमीन छोड़ती है तो उसे भी क्यों नहीं मिलनी चाहिए—जमीन, सम्मान। बदले में ही सही।

अमर सोने गया तो आरती ने एक तरह से घर खखोल डाला। ड्राअर में दृश्य जो देखा तो चकित ही हुई। रिटायरमेण्ट के कागजों के ऊपर बायोडेटा की एक साफ-सुथरी प्रति रखी हुई थी। तीन-चार छाया प्रतियाँ भी साथ ही नत्थी कर रखी थीं।

सब कागज तैयार ही थे तो उसे क्यों नहीं दिये! क्यों छल किया, छकाया! आहत हुई। व्यर्थ आहत हुई। उसके आहत होने का क्या भाव-तौल! कब से यही ढर्रा चल रहा है। अब तक तो उसे इस व्यवहार की आदत हो जानी चाहिए थी।

इतना सँवारकर बनाये गये बायोडेटा को देखते उसे लगा कि अपने बारे में लिखते....बहुत-सा लिखते वह तनिक-सा भी झिझका नहीं है। बचपन के शौक और जीती गयी प्रतियोगिताएँ, एकाधिक योग्यताएँ, मिलिटरी अकादमी में मिले मेडल और ट्राफियाँ, क्या-क्या कुछ कर सकता है इसके ब्यौरे, उसने जैसे कपड़े का अस्तर उलटकर रख दिया हो। यह भी एक दीक्षा होती है, अक्षरों को नहीं अपनी योग्यताओं को सजाना, आत्मछवि को उकेरना। खुश हुई। खासा प्रभावी लग रहा था बायोडेटा। बगलें झाँकने या अनुग्रह लेने की कोई बात नहीं। यह बात अलग है कि हर किसी बात का कोई-न-कोई निमित्त तो होता ही है।

जब से घर का मोर्चा अस्त-व्यस्त हुआ है, आरती ने होठ सी लिये हैं। घर की बात घर छोड़ते समय घर की दहलीज पर ही छोड़ आती हैं। अम्माँजी रोटी-पानी देख लेती हैं। अंशु की सार-सँभाल भी कर लेती हैं पर केवल उतनी...। घर के किसी कोने में, एक कोई और, उनके मातृत्व का भूखा बैठा है इसे नहीं जान पातीं। उनका बालक तो जैसे अब बड़ा हो चुका। उसकी कसी-ठसी काठी पर कैसे प्यार की बरसात। इतने बरसों से पति नहीं रहे तो उन्होंने अमर में एक पुरुष मूर्तिमान कर लिया होगा जो सबको झेलता है, झेलने को नहीं कहता।

इतने आघातों को झेलता अमर इतना झेल रहा होगा इसे अम्माँ क्या सच में नहीं जानतीं? एकाध बार ध्यान दिलाने की कोशिश की तो उमगकर बोलीं, "मैं तो वही करती हूँ जो वह चाहता है। जानती हो, वह तो कमरे से बाहर ही नहीं

निकलता। कहता है यहीं खाना दे दो। यह तो अच्छा है अंशु उस बखत तक सो जाता है। मैं वहीं ट्रे लगाकर दे देती हूँ। वहीं बैठा-बैठा खा लेता है। टी.वी. देखता रहता है।''

कह नहीं सकी थी यह तुमने क्या किया अम्माँ! इस नोक भर सेवा से भुगता दिया। उसका मन न जाना। तिस पर पुलकी-पुलकी बखान भी कर रही हो। कम-से-कम इतना तो करतीं कि उसके पास बैठतीं या बिठातीं। उसका लदा-फदा मन कुछ हल्का तो होता। उसका वक्त कटता। पर अम्माँ तो इस किनारे को पता नहीं कब से और कैसे छोड़ आयी हैं और अंशु के गू-मूत में विह्वल हो गयी हैं।

वह ऑफिस से घर पहुँचती है तो अपनी दिन भर की गुजमुझी धोती को बदलने की सुध लिये बिना अम्माँ चप्पल में पैर घुसाने को तत्पर दीखती हैं। उन्हें मन्दिर जाना होता है। मन्दिर से घर और घर से मन्दिर के बीच उनके जीवन का लेखा-जोखा लिखा जाता है। सुमन अपने पेट की बिटिया है पर उससे भी नहीं उलझतीं। उसके अब तक के अनबिंधे कुँवारेपन को छेड़ते डरती हैं। सब डरते हैं। सुमन अमर से दो साल छोटी है। बनाव जो भी, जैसा भी बना, सुमन का ब्याह टलता गया। पिता के घर में पैसों की पोटली लाती वह अब तक कुँवारी बैठी है। इतनी अक्खड़ और अलोच है कि घर में किसी को उसे छेड़ने का साहस नहीं होता। वैसे भी कमाऊ के सौ गुनाह माफ हैं।

बायोडेटा पहुँच गया था अमर के बावजूद। पर आरती अमर की उपस्थिति का पर्याय तो नहीं बन सकती थी। अमर का वर्मा साब से मिलने जाना जरूरी था, 'मैन टू मैन रिलेशनशिप।' पर अमर उदासीन बना रहा। गयी शाम वर्मा साब ने इच्छा प्रकट की तो आरती को आड़ मिल गयी। सुबह घर से गयी तो ताकीद करती गयी, ''देखो टालना नहीं। बारह बजे से पहले पहुँच जाना। कमरा नं. 304। तीसरी मंजिल। पहले मुझे मेरे केबिन में देख जरूर लेना।'' जानती थी आज रामचन्द किशनचन्द की फाइल का निपटारा होना है जरूरी, क्या पता कहाँ अटकी हो।

अब कमरे में हैं वे तीनों। एक रिवाल्विंग कुर्सी पर। दूसरा ऐन सामने। रिवाल्विंग की बगल की कुर्सी पर आरती बैठी है। आते ही वर्मा साब का खिला हुआ अभिवादन, ''आइए मोस्ट वेल्कम! आपसे मिलने की बहुत ख्वाहिश थी। आरती बताती रहती है अक्सर आपके बारे में।'' बायोडेटा के कागज वर्मा साब के हाथ में हैं।

''आपकी योग्यता में तो कोई कोर-कसर नहीं। कोई दिक्कत नहीं होनी चाहिए। कार्पोरेट सेक्टर में तो ऐसा ही आलराउण्डर आदमी चाहिए। परफेक्ट!''

उसका चेहरा दहक उठता है—सामने बैठे। ''परफेक्शन कैसा...जिस चीज में हाथ डाला वही डूब गयी देखते-देखते।''

''चांस की बात होती है। होता है कभी-कभी। पर ऐसा भी तो होता है एक सही बटन दबाने से सारी मशीनें चलने लगती हैं।''

उन्होंने उधर देखा। अपनी बगल में। उनाबी साड़ी की प्रतिच्छाया में दहकते चेहरे को। ''क्यों आरती?'' और मुसकराये।

वह भी मुसकरायी। जैसे समर्थन में।

पता नहीं अमर ने क्या समझा। उसके कानों की लवें लाल हो गयीं। यह आदान-प्रदान उसे अर्थवान लगा। कुटिल, लदा हुआ। कोई तो बात होती है बीच में। ऐसे ही कोई किसी के लिए कुछ नहीं करने बैठता।

''पर, मैं नहीं चाहता आप मेरे लिए आउट-आफ-द-वे जाएँ।''

''नहीं भई! ऐसा क्यों करूँगा। अग्रवाल मेरा जिगरी दोस्त है। शिखर पर बैठा है। फिर आप कोई अनडिजरविंग कैण्डिडेट तो हैं नहीं। मैं बीच में न पड़ता तो भी हो ही जाता। चांस की बात है। पता कर लीजिएगा कुछ दिनों में। असल में दिमाग से उतर जाता है। वैसे उतरेगा नहीं, यह जो हैं हरदम आँखों के सामने।''

मदारी के डमरू की-सी ऐड़ी-बेड़ी शक्ल वाली कोई चीज अमर की छाती में घुमेर ले जाती है।

उनका हाथ घण्टी पर गया। चपरासी आया। आदेश हुआ। थोड़ी देर में चाय आयी। ढकी ट्रे पर बॉन चायना के तीन गुलाबी कप।

चाय की ट्रे आरती के हाथों में वैसा स्फुरण पैदा करती है जैसा घर में हुआ करता है। उसने केतली में चम्मच चलाया और तीन कप चाय डालकर दूध डालते-डालते पति की ओर प्याला बढ़ाया, ''चीनी खुद डाल लेना।''

''पहले उधर!'' अमर ने शिष्टता जतायी।

''नहीं वह नहीं लेंगे। फीकी पीते हैं हमेशा।''

''और तुम!''

''इन्हें डायटिंग का शौक है।'' वर्मा साहब खुलकर हँसे। मीठे विनोद के भाव से आरती को आँख भर ताकते हुए।

चाय के प्याले मुँह तक पहुँच गये थे, ''कभी आप लोग घर आइए तो खातिर-वातिर हो। यहाँ तो बस खाली-पीली चाय ही चाय है। आरती बताती रहती है आपको कैसी-कैसी लजीज चीजों का शौक है।''

यह अनौपचारिकता उसे अखरी। उन दोनों के बीच का चाय का साझा फीकापन भी। जैसे यह कोई दफ्तर न होकर घर हो—शेयर्ड। और यहाँ वह एक आगत की तरह आया है। आगत नहीं याचक। एक ऐसे काम के लिए जिसको

लेकर उसकी अपनी कोशिशें बेकार हो चुकी हैं। वह भी आया क्या है, लाया गया है, एक स्त्री द्वारा। अच्छा तो है कह दे, नहीं चाहिए कुछ...थैंक्यू स्सो मच फॉर योअर काइण्डनेस...''

अचानक ही लगा वह उसका चेहरा भाँपने में लगी है एकटक। सहमी-सी। एक परिचित-सा क्षोभ दोनों छोरों के बीच दौड़ता हुआ।

''अच्छा फिर...वर्मा साब हाथ बढ़ाकर खुद खड़े हो गये, जो हो सकेगा जरूर करूँगा...टेक इट फ्रॉम मी।'' मिलाने के लिए हाथ बढ़ाना पटाक्षेप का संकेत था।

अमर ने हाथ बढ़ाया, ''थैंक्यू स्सो मच!''

''मे आइ...'' अब आरती देख रही थी वर्मा साब की ओर आँखें गड़ाकर।

''हाँ, हाँ जाओ। सी हिम ऑफ...''

''नहीं, तुम अपना काम करो, मैं चला जाऊँगा।''

यह पथरीली आवाज आरती की जानी हुई थी। वह वहीं रुकी रह सकती थी। रामचन्द किशनचन्द की फाइल का डिस्पोजल अभी बाकी था। लंच से पहले भेजना था, पर हलके से दरवाजे के बाहर हो गयी। गलियारे में आगे-आगे चलने लगी। वह पीछे-पीछे। आरती ने लिफ्ट की घण्टी टीपी। लिफ्ट आयी। वह चला गया।

लौटी तो उखड़ी हुई थी, जैसे किसी अधूरे आवेग की कतरन मन में लटक रही हो। अब रामचन्द किशनचन्द की फाइल उसने हाथ में थाम रखी थी। वर्मा साब ने इस बीच सिगार सुलगा लिया था जैसे जल्दी में न हों।

''गुड मैन...बहुत चिन्ता करती हो उनकी।''

आरती भीतर से छलकी पर उसने रास्ता बन्द रखा संवाद का। फाइल के वांछित पन्ने तक पहुँचने को प्रस्तुत हो रही है, इसे ही मुखमुद्रा पर लीपकर रखा।

''बट नेचुरल। मैं समझ सकता हूँ।'' चुप्पी देखी तो बोले, ''केस आज कमेण्ट के लिए डिस्पैच नहीं हुआ तो दिक्कत पड़ेगी। अगले हफ्ते हियरिंग है।''

लौट आयी जहाँ कहीं भी थी। जैसे कुछ हुआ ही न हो यहाँ, कुछ समय पहले। सामने रखी फाइल से निपटना ही जैसे एक अकेला काम हो।

ऑफिस पहुँची तो टेबल पर सन्देश था। क्लर्क ने कहा दो बार बुलाया जा चुका है। जानती थी लेट है, पर लेट होने को फकड़ लिया जाए ऐसा उसने नहीं चाहा था। अम्माँ आज बीमार थीं। सुमन आज रुक नहीं सकती थी। उसे कक्षा का गणित का टेस्ट लेना था। सब कुछ आरती को ही निपटाकर आना था। देर हुई तो होती

चली गयी।

''गुड न्यूज तुम्हारे उनके लिए।'' आरती कमरे में घुसी तो वर्मा साब ने इसी तरह उसकी अभ्यर्थना की। सीट से उठने की मुद्रा में फिर से बैठते हुए। ''बधाई! अच्छा तो यह होता कि तुम्हारे उन्हीं को बुलाकर बधाई दी जाती।''

आरती ने यह दृश्य पहली बार देखा था। चुप बैठे बादल इस आवेग से आकाश में तैरते हुए। चेहरा रोबदाब के ओढ़न से मुक्त। इस समय तो वह सहृदयता भी गायब थी जो उस कमरे में हवा की तरह उसे सदा पसरी हुई मिलती थी।

विश्वास-अविश्वास में डोलते वह भौचक ही ज्यादा हुई, ''स्सच...ऐसा कैसे? इतनी जल्दी?'' इतना भी उसे मुश्किल से कहते बना।

''जानती हो, अग्रवाल था। उसका फोन आया था। कहता था वैसे तो अन्दर के लोग इन्तजार में हैं, नेचुरली! बट यू सी वह मुझे इनकार नहीं कर सकता, मैं जानता था। और सुनो, जगह भी अच्छी दी है—ब्रांच का मैनेजर। थोड़े सालों में तो...'' वर्मा साब उसका चेहरा देखते हैं। शायद उन्हें उस चेहरे पर पसरती चहक की तलाश है।

पर चेहरा था कि खिलते-खिलते थरथरा गया। कृतज्ञता इस तरह लिखी जाती वर्मा साब ने कभी नहीं देखी होगी। आँखें हँसने की कोशिश में रोने-रोने को हो आयी।

''आयम...आयम थैंकफुल सर! रियली-रियली थैंकफुल। आय हैव नो वर्ड्स!''

''रिलैक्स!'' वर्मा साब ने मुँह फेर लिया। वात्सल्य-सा जो भीतर उमड़ रहा था उसे दरगुजर करते।

''सर...'' वह हिचकी थी, ''क्या मैं फोन करने जा सकती हूँ? राइट नाऊ!''

''पहले अपायण्टमेण्ट लैटर आ जाता तो अच्छा न रहता?'' फिर चेहरा बुझते देखा तो बोले, ''कह दो कोई हर्ज नहीं। इफ इट हेल्प्स। बिटवीन यू टू...यहीं से कर लो।''

वह पिंजरे से छूटे पक्षी की तरह फोन पर झपटी थी। उसके हाथ उत्तेजना से काँप रहे थे, ''हैलो, जी हाँ...आरती बोल रही हूँ ऑफिस से। प्लीज मिसेज त्यागी, जरा ऊपर से इनको बुला देंगी? कुछ जरूरी काम है। जी मैं होल्ड कर रही हूँ। जरा जल्दी।''

चोंगे पर हाथ रखे प्रतीक्षा करने की उसने सफाई दी, ''देर नहीं लगेगी, ऊपर-नीचे का घर है। जीना एक ही है।''

''टेक इट इज़ी!'' उन्होंने जान-बूझकर फाइल अपने सामने सरका ली।

''हाँ हाँ...सुनो मैं आरती बोल रही हूँ। तुम आज मेरठ जाने की सोच रहे थे न, देखो जाना नहीं। यहीं कुछ हो जाएगा। मेरा मतलब है हो गया समझो। नहीं नहीं...हाँऽऽआँ। मैं ऑफिस से बोल रही हूँ। नहीं, यहीं से...सर के कमरे से। अभी उन्होंने बुलाया था। बताया! कोई बात नहीं। रिजर्वेशन स्लिप का क्या है, उसे फाड़ देना। अभी पैसे तो नहीं दिये न! आयम श्योर! आय मीन इट! तुम समझने की कोशिश तो करो। रखती हूँ। मैंने कहा रखती हूँ। बाकी घर आकर...''

फोन रख दिया गया था पर उसका चेहरा शायद किसी आवाज की मुट्ठी में भिंचा रह गया था। चीखता! सघन होता।

''सब ठीक तो है न। इज ही हैप्पी? मस्ट बी हैप्पी!''

''जी हाँ, जी हाँ सर! बहुत खुश।'' वह उठ खड़ी हुई थी। दरवाजे की ओर चल निकली थी, ''सॉरी, जब जरूरत हो बुला लीजिएगा।''

''ठीक है, ठीक है, जाओ तुम!'' सारी उम्र का अनुभव वर्मा साब की टेबल पर गुनमत्थुन होकर बैठ गया था।

दोपहर बाद आयी थी। बुलायी गयी थी तो सामान्य थी, पर सोच में। सोच ऐसी जो किसी दूसरे मोर्चे पर लड़-भिड़ रही हो।

''आयम अगेन थैंकफुल सर!'' उसने बैठते-बैठते कहा।

''आज किस फर्म का केस है?'' वर्मा साब ने निहायत व्यस्त आवाज में पूछा। कुएँ से निकालने की शायद यही एक रस्सी सुलभ लगी होगी उन्हें।

घर पहुँची थी तो वह मेरठ जा चुका था, दोपहर की बस से। चाबी पड़ोस में दे गया था। सुमन ने स्कूल से आकर घर खोला।

''वो कब गये?''

''पता नहीं।''

''रामू दूध दे गया है?''

''पता नहीं।''

''और अम्माँ?''

''पता नहीं।''

अंशु के बारे में उसने नहीं पूछा। सुमन को चाय बनाते जाते देखा तो टोक दिया, ''मैं अभी नहीं पिऊँगी।''

''क्यों क्या पीकर आयी हो?''

उसने पलटकर देखा। लगा सुमन कुटिल हो गयी है। सब कुटिल हो गये हैं उसके प्रति। पहले सोचा हर दिन नौकरी की बलाएँ झेलती सुमन को समझा दे, तुम

क्या नहीं समझतीं कि अभी नहाना है, खाना बनाना है, अंशु को सुलाना है। अभी सबकुछ चौपट हुआ लग रहा है। अभी कहाँ चाय की चुस्ती और मस्ती!

पर उसने कुछ भी नहीं कहा। चारों कोनों से छितरे हुए घर को अपनी मुट्ठी में ले लेने का भरपूर उद्यम माँगा—अपने से।

उतना-सा देश

दिसम्बर की सीली-सीली-सी शाम। साढ़े चार बजे से ही अँधेरा भीतर दुबक आया। शीशे लाँघकर। पसर गया था। कैसे कोई 'कुछ नहीं' सी चीज ऐसे पसर जाती है। निगल लेती है कमरे में रखी वस्तुओं के बीच का शून्य। उदासी का एक गहरा रेला भी भीतर उतरता आया।

कब आएगा रवि...कितने बजे? सड़क के अँधेरे को रोशनी की दौड़ती धार से भरती गाड़ियों की कतारें उसकी आँखों में उतर आयीं। वहीं बैठे-बैठे। कितनी बार वह रवि के साथ बाहर गयी है...सप्ताहान्तों पर। दूर घने झुरमुटों के बीच घुसती दीखती सड़कें आगे बढ़ने पर एकाएक सीधी होती जाती हैं। और उन पर लाल और चमकीली कतारें एक साथ दौड़ने लगती हैं। तब ऐसा नहीं लगता जैसा आज। उत्सुक औचक-सी उमंग मन में गुनगुनाती रहती है। क्या यह रवि के साथ बैठे होने की दीप्ति है।

काँच की लम्बी दीवार से हटी तो कमरे के दूसरे हिस्से में चली आयी। खाने की मेज पर टेबल मैट्स के सीधे कोने फिर से सीधे किये। चमचमाते चम्मचों को फिर पेपर नैपकिन से रगड़ा। नमकदानी उठायी और परे रख आयी। माँगेगा तो देखा जाएगा। सोडियम साल्ट...ब्लडप्रेशर बढ़ाएगा। इस देश में रहता है...स्ट्रेस और सोडियम साल्ट और कोलेस्ट्राल के आतंक को दर्ज नहीं करता। मूर्ख!

पास वाले फ्लैट का दरवाजा धड़ाक से बन्द हुआ। दीवारें थरथरा गयीं उसके फ्लैट की भी। कागज और गत्ते, और जाने किस-किस जिन्स के मकान...कितनी सायास, सधी हुई सुन्दरता जिसके भीतर कुछ भी ठोस सुरक्षित, जैसा नहीं लगता, अपने घर जैसा।

टेबल से उठने पर टहल जाने को थी रसोई। जहाँ सारा काज एकदम समाप्त है। एकदम प्रस्तुत। ओक-ओक भर उजाला पर मन... ? क्या प्रतीक्षा मन को ऐसा कर देती है? सॉस पेन का ढक्कन उठाया, सींझ चुकने के बाद पुलाव अपनी ताजी भाप को भी जज़्ब करने लग गया था। व्यर्थ पुलाव बनाया। हड़बड़ी में। देरी के डर से। इतना डर क्यों बना रहता है यहाँ पिछड़ जाने का। रोज की तरह चपाती

बनायी होती। चपाती भाती है पगले को...मन रखने को चावल भी खा लेता है। यहाँ रोटी बेलने की मेहनत बचाने को। मेहनत बेदाम नहीं बिकती यहाँ।

मेहनत क्या है रोटी पकाने में? यह बातें क्या कभी किसी ने सुनी होंगी देश में? दस व्यक्ति भी आ जुटें, तो रोटी पकती है। गह-गहकर सिंकती है...फूलते फुलके से उतरती अन्न की सोंधी गन्ध। यहाँ सब कुछ कैसा गिनती-गिनती जैसा हो गया है...आवेग, तृप्ति, गन्ध। लगामें लगाकर मोड़ लेने की चीज हो गया है मन।

रवि आया पर घण्टी बजाने की अपेक्षा फ्लैट की चाबी घुमाकर खुद ही भीतर आ गया।

"अरे," और उसने रवि का चेहरा टटोलने की कोशिश की। "हाय माँ" रवि हँस दिया, आदतन, और भीतर घुस गया। कहने को कपड़े बदलने। पहले-पहले आयी थी तो दफ्तर से आते ही लिबड़ता-सा था, जैसे उसे खींच बुलाने का गुनाह मत्थे चढ़ा हो। "क्या-क्या किया...कितना सोयीं?...क्या-क्या पकाया?" वह सारी टेरतीं जगहें अब ठुँसी-ठुँसी सी लगती हैं। किन चिन्ताओं से?

सोचते उसकी पाँचों अँगुलियाँ अकबका जाती हैं। कौन-सी अँगुली किस जगह पर रखे। बच्चे बड़े हो जाएँ, तो बरजने टटोलने को व्यर्थ हो जाती हैं अँगुलियाँ। इस बात को कभी जानना भी चाहेगा तो वहाँ पहुँचे बिना कैसे जानेगा। अभी तो जीवन शुरु ही नहीं हुआ। कैथी लौटकर ही नहीं आयी। वह कैथरीन को 'कैथी' कहकर बुलाता है।

यहाँ आयी थी, तो बढ़-बढ़कर पूछती थी...बेले कुबेले जैसे यहाँ के लोग जेब में पड़े अपने हक के कार्ड का उठते-बैठते इस्तेमाल करते हैं। रवि का चेहरा पत्थर-सा कठोर होते-होते कागज सा फक्क हो जाता है।

"ऐसा भी क्या...शादी तो अपने मन से की थी न तुम दोनों ने?"

"तुम इस पचड़े से परे नहीं रह सकतीं?" अच्छा-खासा बैठा रवि झड़प से उठ जाता है। परे हो जाता है। मन को आती आहट से भी परे।

बाद में पता लगने लग गया था यह दूरी प्राइवेसी में सेंध लगाने का दण्ड रूप है। प्राइवेसी और आत्मनिर्भरता बड़ी महत्त्वपूर्ण चीजें हैं इस देश में। सामनेवाले के कपड़ों के कगार में आग लग रही हो, पर सोचकर बोलो। यह नहीं कि दूसरे की जान सलामत है तो अपनी भी। कौन जाने दूसरा अपनी सलामती किस बात में मानता है।

पर रवि क्या कोई दूसरा है? उसका अपना बेटा...नाभि-नाल का सम्बन्ध।

"कोई डाक? कोई फोन?" रवि ने टेबल पर बैठते ही पूछा।

उसने सिर हिला दिया। नकारात्मक। जबान की नोक पर एक और भी बात

अड़ी थी। कैथी की कोई सूचना? पर शब्द नहीं निकले, तो बस नहीं निकले। किस डर से? वह क्यों इस व्यवस्था का हिस्सा होती जा रही है...मन में ऐसी माया ममता के रहते।

रवि ने खाना चुपचाप खाया। न खाने की बड़ाई की, न दिनभर अकेली प्रतीक्षती माँ के अबोलेपन को सींचा। वह सामने बैठी अपनी थाली में थोड़ा-सा पुलाव डाले उसे बूँदी का रायता खाते देखती रही...बार-बार नैपकिन से होठों के कोनों को पोंछते हुए।

छोटा था, तो बूँदी का रायता सुड़क जाता था। सबका हिस्सा। भरे तेल की कड़ाही में पतले प्रवाही बेसन से बूँदी छाँटते उसे आज लगा जरूर था कि वह उसे जरूर सख्ती से बरजेगा, "तुम समझती नहीं हो माँ। यह अपना इण्डियन खाना...मेरा मतलब है... यह तले घी की भाप अपार्टमेण्ट को एक बुसी हुई गन्ध से भर देती है...गलीचों में रच जाता है सब कुछ...घर बैठे को तो पता नहीं लगता पर बाहर से आओ तो...कैथी होती तो..." वाक्य उसके होठों में टूट गया था।

कैथी के जिकर पर वह ठट्ठ की ठट्ठ बैठी रह गयी। कैथी ऐसे अचानक चली न गयी होती तो वह यहाँ क्यों आती, कालेज में परीक्षाओं की दुन्दुभी के दारुण होते दिनों में।

"प्लीज चली आओ माँ...अब कितनी बार कहलाओगी" आधी रात गये फोन पर उसकी आवाज में पुकार उतनी नहीं, जितनी एक चीख थी। लगा जैसे कलेजे की कच्ची मांसपेशियों को किसी ने मुट्ठी में भरकर करकरा दिया हो। नहीं तो कहती साझे दुखों-सुखों के पुल तो कब के टूट चुके। जो यहाँ घटता रहता है यहीं समेट लिया जाता है। सूचना और संवाद के सिरों को सुन्न करके। जो वहाँ होता होगा, होता रहता होगा। कौन कहता है—पिछली पीढ़ी का भार अगली पीढ़ी लेती है। समय और उम्र की ज्यादतियों से बचाने के लिए उन्हें मरहमशाला में दाखिल करके, पर चुप रही। ये बातें इस समय, फोन पर टँगे कैसे कही जाएँगी। यों तो, कभी भी, कैसे कही जाएँगी?

अँधेरे जंगल में पैर फँसे इससे पहले ही उसने कह दिया था—अच्छा बुकिंग कराती हूँ, "पैसे भेजता हूँ" उधर से आवाज आयी थी।

दीवाली पर इस साल सफेदी कराना सोची थी। सुक्खी दादा के पास जाना था, कब से देह की तिक्तता को पीते पड़े हैं। रजाइयाँ भरानी थीं। सिलाई का सूत कच्चा हो जाने से रूई में कैसी गाँठें-गाँठें-सी पड़ गयी हैं। जाने का नाम सुनकर पड़ौसी मुखर्जी की पत्नी का मुँह मैला हो गया, "आप तो कहती थीं, बहू की सौर की चिन्ता न करूँ। मैं आपके आसरे बैठी थी, नहीं तो पीहर भेज देती, ऐसे उठुंग घुटनों के रहते।"

सबकुछ...सबकुछ गठरी-सा बाँधकर रखा और चली आयी...और बीच आँगन में...नहीं, बीच अपार्टमेण्ट में आ खड़ी हुई—वस्तुओं, सुखों-सुविधाओं से ठस्स जैसा अपार्टमेण्ट। उसे तो यहाँ आकर पता लगा कैथी घर में नहीं है। न्यूयार्क चली गयी है छः महीने पहले। क्यों गयी, कब गयी, रवि से पूछती है तो ऐसे दिखाता है जैसे फोड़े के भीतर की लपलप को छू दिया हो, फिर ऊबते हुए कहता है, "जब आयी हो तो जान ही जाओगी धीरे-धीरे।" यह धीरे-धीरे कब खत्म होगा।

ठण्डी हवाओं के आघात से पीले पत्ते झरते रहते हैं, कोई उत्तर नहीं देते। उसे आये तीस दिन तो होने आये।

दोपहर बम्बई से फ़ोन आया था। "पता लगा कुछ...रवि क्यों परेशान?" पूछा था नीलाम्बर ने।

पति दोपहर में ही बात करते हैं ताकि खुलकर बात हो सके..."नहीं, कुछ नहीं, वह तो ऐसे दिखाता है जैसे कुछ हुआ ही नहीं। गुम का गुम। जैसे कि वह बरसों से इसी घर में अकेला रहता है, और मैं सदा से उसके पास यहीं रहती हूँ...रहती रहूँगी।"

उसका वाक्य पूरा होने से पहले ही नीलाम्बर ताव खा गये थे, "ऐसे ही दौड़ा दिया तुम्हें...समझता क्या है तुम क्या। कोई यहाँ खाली बैठी हो...कॉलेज से छुट्टी लेकर गयी हो, और ऊपर से पैसों की ऐसी सत्यानासी।"

ऐसा कहते-कहते नीलाबर के अपने ही शब्द चलक गये थे। जिन रुपयों से वह सरहद के पार गयी थी वह नीलाम्बर के तो नहीं, रवि के थे। रवि ने टिकट भेजा था। नीलाम्बर तो अभी वहीं खड़े थे...पारिवारिक एकता के हामी...शुद्ध भारतीय मनोवृति में लिसे हुए। ऐसा उजला मन तो हर भारतीय के भीतर निकल आता है कि वह खाए-पिए और टेढ़े-बाँके दिनों के लिए कुछ बचा सँभाल कर भी रखे और आगे की पीढ़ी के लिए छोड़ जाने को भी अपने ही दायित्व का नाम दे।

यह ज़रूरतें काल्पनिक हैं...रवि ने कितनी बार खीझकर कहा था, "हर इंसान की ज़िन्दगी को अपनी धुरी पर घूमना चाहिए, चाहे वह क्रेडिट के पास-पत्रों की सहायता से घूमे।"

ऐसे मुखविहीन बैंकर की बात कभी नीलाम्बर के गले नहीं उतरती। अब तो और भी नहीं, जब से रवि कैथी को ब्याह कर लाया है। नीलाम्बर के मन में कैथी का घनघोर अस्वीकार है, "जवाब क्यों नहीं दे रही तुम...सूझता नहीं इण्टरनेशनल लाइन है...एक तो इसरार करती हो कि मैं ही फ़ोन करूँ तुम नहीं करोगी वहाँ से..."

"भई! मैं क्या बताऊँ...यह मालूम है कैथी नहीं है यहाँ। वह तो इस बारे में बात ही नहीं करता। बात चलाओ तो चिढ़ जाता है।"

"कह दो खुलकर तुम चली जाओगी... एक महीना हो गया। दबेगा तो कहेगा।"

नीलाम्बर ने फ़ोन काट दिया। वह वैसी की वैसी चोंगे को हाथ में पकड़े खड़ी रह गयी। चोंगा रखा तो वही वाली शून्यता सामने थी। ऐसा ही होता है रोज़...हर घड़ी हर शाम इतनी तेज़ी से उतरने वाला अँधेरा शिरा-शिरा में व्यापने लगता है और उसे पस्त कर देता है। एक हौलदिली-सी हवा में डोलती है और पानी में पड़ी भँवर में उसे क़ैद कर लेती है, और वह डूबती जाती है, नीचे और नीचे, जहाँ पुकार का उद्यम भी शेष नहीं रहता। होता भी तो वह कहाँ जाती, किसका द्वार खटखटाती...सब दरवाजों पर अपरिचय की पट्टियाँ हैं।

जैसा होता है, यहाँ वैसा उसने कभी नहीं जाना। ऐसी दाह-सी दहकती है रवि को मुरझाया देखकर। वह छोटा था तो सोचती थी तब वह ज्यादा माँ है—नहलाती, धुलाती, खिलाती, पिलाती, पढ़ाती, लिखाती है।

अब लगता है माँ तो अब है। तब माँ नहीं थी धाय थी रवि की, क्योंकि यह तो अब ही होने लगा है कि उसकी मूकता चीख बनकर बजती है मन में। एक विलाप-सा चलता रहता है...छीलता रहता है...दर्द के आरे से जैसे लकड़ी की टेढ़ी-मेढ़ी गाँठें चिरती हों। व्याकुलता ऐसी कि क्यों अपने घाव अपने को ही सहने पड़ते हैं, उसे कोई दूसरा अपने पर क्यों नहीं ले सकता।

चुप्पी के पेट की खोह से ऐसी घनी-सी घुमेर उठती है कि लगता है बेटे की बाँह थामकर कहे--हमें सहने की चोखी आदत है रवि। अच्छे-बुरे वक्त भी हमने देखे हैं और यह छाती भी खासी चौड़ी है। इसके भीतर अपना तुम्हारा, अलग-अलग कुछ नहीं है...इसलिए इन टीसों को बहता चला आने दो।..वह इसे सोख सकती है...जज्ब कर सकती है, पर कुछ भी नहीं कह सकती।

अट्ठाईस-उनतीस वर्षों का रवि, ऐसी मांसल मोहक उठान। चेहरा ऐसा जैसे काली आँखों और काले घने बालों के बीच उजाले का एक पुंज ठोस हो गया हो। वैसे भी यह क्या उससे कहने-सुनने की उम्र है। कैसे कहे कि तू यह आग ताप भूल जा रवि...उसी तरल सुरक्षित अँधेरे का शिशु बनकर मेरी कोख को छू ले...तेरी और मेरी उम्र का फासला तो अब भी उतना ही है न, जितना तेरे जन्म के समय था...अटल। देह की उठान से क्या होता है...देह के बढ़ने से क्या मन बदल जाते हैं? बदल सकते हैं?...

पर बर्फ की चिन्दियों की तरह शब्द मन ही मन झरते हैं। सीमाएँ खींच देते हैं। देह की सीमा...बीच में जड़ हो गये समय की सीमा। 'देश' और 'विदेश' नाम के दो प्रकारों और संस्कारों की सीमा।

खाकर उठी तो पता नहीं कौन से आवेग से बँधी रवि के बिस्तर पर बैठी टी.वी. देखने लगी। देखते-देखते ऊँघ गयी...टी. वी. पर सासर का मैच चल रहा था। शोर के उस रेले से कई बार आँख खुली थी। रवि को उसमें पूरी तरह मग्न देखकर वह जैसे गहरी शान्ति में सो गयी। मन में यह चोर कि यहीं सोती रहेगी, जैसे रवि के बचपन में।

रवि को क्या पता यहाँ रातों में कैसा-कैसा खौफ व्यापता है। पेड़ों से एक विक्षिप्त-सी सरसराहट अधीर होकर उठती है और काँच की लम्बी खिड़कियों को थरथराहट से भर देती है। यह सब कुछ बाहर चल रहा होता है और पता नहीं किस रास्ते से भीतर चलता चला आता है और शिराओं के सिरे सुलगा जाता है। पहले से कच्ची नींद एकाएक टूट जाती है। फिर वही दाह...वही अबोले अनाम दर्दों का हाहाकार। साफ-सुथरी दीवारों पर पसरते जाले।

रवि टीवी देखता उठा और उसे झकझोर दिया—"कपड़े बदल लो माँ, आराम से अपने बिस्तर पर सोओ" वह कुनमुनायी थी। साड़ी की कोर खींचकर उसने सिर पर लपेटी "यहीं ठीक है" वह फुसफुसायी।

फुसफुसाहट में जो इनकार था वह रवि ने नहीं देखा। नहीं जाना। कैसे जानता। जिस जगह पर वह लेटी थी वह जगह कैथी की थी। कैथी नहीं है तो भी यह जगह उसकी है। बिस्तर के दायीं ओर का खालीपन भी कैथी का है, उतना ही जितना भरापन कैथी का।

अलसाती उठी और दूसरे कमरे में चल दी। कपड़े भी नहीं बदले। ऐसे ही पसर गयी। बिना ओढ़े। शायद रवि आये। शायद ओढ़ाये। शायद बैठे। शायद कुछ जानना चाहे। या बताये, उसके भीतर तक पहुँच जाने की घड़ी कौन जाने यही हो।

क्षणभर बाद बाथरूम का दरवाजा बजा...फिर नल की तेज अनियन्त्रित धार...फिर फ्रिज...फिर बाहर का लैच...फिर खट...फिर एक गहरा अभेद्य अन्धकार...बाहर तेज हवा दरवाजों पर दोहत्थड़ मारती।

कुछ...कुछ भी तो नहीं हुआ पर वह दाँत भींचकर रो पड़ी। रवि को नहीं, पीछे छूटे देश को याद करके। कैसे पहुँच सकती है वह वहाँ...और यहाँ भी कैसे? इतने विराट भूखण्ड में अपने इतने-से देश जैसे शिशु तक। किस रास्ते से चलना शुरू करे कि अपना आप इतना अधिकाररहित न लगे। इसी एक रिश्ते का असल उसकी आत्मा का बल बन सके।

इस बल को कौन निगल गया है। इतने सालों का प्रवास या स्थिति के तल

में बैठा कोई काला-मैला पैबन्द?

यह सब बातें वह अब तक नहीं जान पायी तो कब जान पाएगी। रवि के सिवा इस बात को कौन बता पाएगा कि आधी रात...फोन के उस पार...रवि की पुकार...उसके माँ-पन के कौन-से हिस्से को छू लेने को इतनी आकुल-व्याकुल थी?

विदेश में एक भारतीय पिता

लगता है वह अवसाद में है। फोन के दूसरी ओर से उसकी आवाज़ डूबती लग रही है जो उसके गले के प्राकृत भारीपन से जुड़कर और भारी होकर मुझ तक पहुँच रही है। वह मुझसे बरसों के बाद बात कर रहा है—मेरे बेटे का सहपाठी दोस्त।

मैं प्रफुल्ल हूँ। प्रफुल्लता की तरंग को उस तक पहुँचाना भी चाहती हूँ। उसकी आवाज में भी ऐसी ही चेष्टा है। वह भी अपनी आवाज से मेरे जैसा ही काम लेना चाहता है—जेनुइनली। वह ऐसा चाह रहा है, मैं उस चाहने को भी देख पा रही हूँ—दो त्वराओं की दावपेंच।

''खुश हो?'' मैंने पूछा।

''हाँऽऽआँ'' उसकी आवाज लम्बा गयी।

''मेरा मतलब है यहाँ, इस देश में?''

''हाँ। खुश हूँ पर सच्च तो यह है कि मैं इस बारे में कभी सोचता ही नहीं...सोचना चाहता भी नहीं। असल में सोचने का समय ही नहीं होता।'' अब उसकी आवाज जरूर सोचती सी है।

''सुना है तुम्हारी पार्टनर अच्छी है...कोरियन है न?''

''हाँ अच्छी है। बी आर एडजस्टेड...इतना काफी है।''

''तुम्हारी बड़ी महत्त्वाकांक्षाएँ थीं!'' मैं उसे उसके युवक वर्षों में लौटा कर ला रही हूँ, जिनमें मुझे उसकी ऊँचाई और सब लोगों से ज्यादा ऊँची लगती रही थी।

''नहीं तो...'' वह हिचकता है।... ''ऐसा कुछ मुझे तो याद नहीं।''

''ऐसा होता है। सब कुछ सोचा हुआ कभी पूरा नहीं होता।'' मैं उसे दिलासा देती हूँ। देते समय बेतरह जोड़ना चाहती हूँ कि अगर तुम अपने देश में होते तो पूरी हो जातीं जबकि मैं जानती हूँ कि उनमें से आधी भी पूरी न होतीं। उनका पूरा होना कहीं भी दुष्कर है पर ऐसा कुछ कहने में मुझे जिस हिंसक जैसे स्वाद की उपलब्धि हो सकती है उसे मैं छोड़ना नहीं चाहती। मैं जानती हूँ मेरे भीतर देश-परदेश, अपने-बेगाने सवालों से पटा पड़ा एक युद्धस्थल है।

वह मेरे दिये दिलासे को नहीं लेता। उसके भीतर कोई दूसरा सिरा हिला हुआ है, जो उसके स्वर की भिंची हुई मुट्ठी में तड़प रहा है।

क्षणभर चुप्पी रहती है दोनों ओर। सोचती हुई। चुप्पी के कारणों के काँच पर चलना कठिन है। शायद दोनों जानते हैं।

"बच्चे अच्छे हैं?" मैं उसे संसार में खींच ले आती हूँ। एकदम निरापद जमीन...समतल चलने के लिए।

पर उसकी ओर का काँच तड़क जाता है। वह उत्तेजित-सा हो गया लगता है।—"वैसे तो अच्छे हैं पर...."

"पर क्या?"

"यहाँ रहकर भी उन्हें जो मिलना चाहिए नहीं मिल रहा।"

"क्या मिलना चाहिए?"

"कॉस्मोपॉलिटन एटमॉसफियर" वह बेझिझक उत्तर देता है।

"कारण?"

"कारण तो बहुत हैं कहने को पर... साफ़ दिखाई नहीं देते। एक तो वैसे ही हम एक छोटे शहर में रहते हैं। यहाँ कॉस्मोपॉलिटन वातावरण नहीं है। लोग छोटे दिमाग के हैं, छोटी बातें सोचते हैं।"

यहाँ कुछ 'छोटा' भी हो सकता है ऐसा मेरी समझ से परे है, फिर भी मैं उसकी बात में दाखिल होने की कोशिश करती हूँ। उसकी अवरुद्ध-सी आवाज शुरू से ही मेरा पीछा कर रही है।

"कॉस्मोपॉलिटन से तुम्हारा मतलब क्या है?"

यही कि समझा जाए कि यहाँ सभी प्रवासी एक से हैं। ऊँच-नीच, गोरा-काला कुछ नहीं। अपने घरों से टूटकर आये हैं तो सब सबकी तरह रहें।

"तुम्हारा मतलब रंग-भेद से है?"

"जाहिरा ऐसा कुछ दिखाई नहीं देता।"

"तो फिर?"

वह घड़ी भर को ठिठका रहता है, फिर जैसे अपने को ठेलता हुआ कहता है—"मेरा बेटा स्कूल से आकर रोज मुझसे लड़ता है। मारपीट करता है, कहता है—"आय वांट टू बी व्हाइट (मुझे गोरा होना था)।"

इसके आगे कोई दलील नहीं सूझती मुझे। 'गुडलक' कहकर फोन रख देती हूँ।

मेरे लिए नहीं

जयराम साक्षात खड़ा था सामने।

इस समय तो वह भास्करन के लिए सन्देश लेकर आया था, ''प्रीति ने तुम्हें बुलाया है...आज ही...अभी।''

क्यों बुलाया? क्यों?...और क्यों जाएगा वह...कैसे भूल जाएगा—राह चलते सिर पर ढुलका दी गयी थी अपमान की टोकरी। किस अधिकार से? किस गुमान में?...क्या अन्धेर हो गया था अगर वह जरा-सा उसकी खाट पर बैठ लिया। न बैठता तो करता भी क्या...कौन कोई कुर्सी खाली पड़ी थी वहाँ। दोनों कुर्सियों पर डटे बैठे थे वे दोनों, और पलंग पर पसरी पड़ी थी वह खुद...वहाँ न बैठता तो क्या खड़ा रहता दीवार से लगकर उसके अटेण्डेण्ट की तरह।

''मैं चलूँ...तुम आ रहे हो न?''

''नहीं, बैठो यार...'' उसने कह तो दिया, पर ध्यान था कि वहीं मुँह मारता रहा।

कैसे किसी की समझ में आ सकता है उसकी तरफ से वैसा कोई परहेज...उस तरह का कोई संकोच...वैसी कोई सीमा। आधी-आधी रात उसके साथ बैठे गपियाओ। क्लब में नाचो...धुआँ उड़ाओ...गिलास बजाओ। वक्त-बेवक्त बिस्तर से उठाकर जीप में धाँस दिए जाओ और उसकी स्पीड की साँस-रोक, बेतहाशा खिलवाड़ का गवाह बना दिए जाओ।

जब रुकने का समय मिले—आँख के सामने से वह टल गयी हो तो—सोचो और सोचो—वह क्या है...कौन-सा अजूबा...कैसा अचम्भा। तुलना करने को छटपटाओ...अतीत की पिटारी में बार-बार, बार-बार हाथ डालो...सविता को याद करो, तरु को, मंगला को, कीर्ति को, फिर माँ को, मौसी को, नानी, आण्टी, चाची को। कहीं जोड़ नहीं बैठेगा...कुछ हाथ नहीं लगेगा...कोई बात नहीं बनेगी। किसी को जानकर उसे जाना नहीं जा सकेगा...किसी को समझकर उसके बारे में समझ आगे नहीं बढ़ पाएगी।...

तब फिर ध्यान भटकेगा—इधर-उधर, आगे-पीछे। अपनी आदत से

मजबूर—किसी एक चीज को किसी दूसरी चीज की तरह कुछ-न-कुछ तो होना ही चाहिए...कोई समानता हाथ आ सकनी चाहिए...पर यहाँ तो कुछ भी पकड़ में नहीं आ रहा।

हारकर ध्यान 'विमेन-लिब' के हवा में डोलते नारों पर जाएगा। वह तोड़-फोड़ देने का बड़बोला तेवर...वह हवा में उठी हुई मुट्ठियाँ...वह पुरुषों के प्रति पिच्च-सी घृणा...वह प्रदर्शन की मानसिकता...नहीं, नहीं, सब कुछ अधबीच ढह जाएगा। न कोई नारा, न कोई शिकायत...न कोई वैसी उठा-पटक। वह—न कोई वर्ग है न जाति...है एक पूरा, समूचा, बेजोड़, अपना-आप।

कैसे जान लेगा कोई कि वह क्या चाहती है। कल क्लब में धुत्त नाच रही थी तो आज पं. रविशंकर की कंसर्ट में आँखें बन्द किए सिर ढके तल्लीन बैठी है। कल कबाड़ी बाजार से अंगड़-खंगड़ खरीद रही थी और आज बच्चों के पीछे भाग रही है। किसे कोई सच समझेगा?...कहाँ से उसे पकड़ेगा।

तभी तो वह अघटित घट गया था...अघटित भी क्यों...क्या उसे नहीं सूझता, क्या हो रहा था उस समय उसके मन में...कैसा-कैसा लग रहा था—परदेश...बीमारी...गेस्ट-हाउस...अकेलापन। करुणा-ही-करुणा...सौहार्द-ही-सौहार्द रह गया था भीतर...कैसे न होता? सामने दीख रही थीं—उसकी तपती हुई कनपटियाँ...पनीली आँखें और बुखार से एकदम तमतमाया हुआ चेहरा।...

दवाई का कप उसे पकड़ाते-पकड़ाते वह उसी के पलंग पर धम्म से बैठ गया था—निश्चिन्त होकर, बिना किसी अपराध-भाव या हिचक के...हिचक का उसके साथ काम ही क्या था।

दवा मुँह में उँड़ेलते ही खटाक् से उसने कप टेबल पर रख दिया था और भड़क उठी थी, "हिम्मत कैसे हुई तुम्हारी...मेरे बिस्तर पर बैठने की...आय काण्ट स्टैण्ड इट"

तभी समझ में आ गया था कप की इतनी तेज खटाक्, क्यों हुई थी।

घड़ों पानी पड़ गया था उस पर। ...ऐसा मुखर अपमान, वह भी जयराम और सक्सेना के सामने। लगभग अनधिकार...बेमतलब...आखिर कौन से पैमाने से लगाया गया था यह सारा हिसाब-किताब।

नीयत पर सन्देह? उसके इतने मुक्त रवैये को देखकर ऐसा कुछ किया तो जा सकता था उस पर, उससे पाया नहीं जा सकता था...। ऐसे वहम वही पैदा कर सकती थी, दूसरा कोई नहीं...।

अपने-आपको समझती क्या है...अपनी नीयत अडोल रख सकती है, तो कोई भी रख सकता है...आई.ए.एस. का ठप्पा यहाँ कुछ काम नहीं आता...न उसके, न किसी और के...। और उस तरह भी सोचने बैठो तो चार अंगुल सीनियर

ही बैठता है वह उससे...नानसेंस।

होम करते हाथ जलते होने की तिलमिलाहट उसे भीतर तक फूँक गयी। 'भाड़ में जाओ', एक तेज चमकती हुई धार उसके भीतर लपलपायी थी और वह गेस्ट-हाउस का दरवाजा झनझनाता हुआ छोड़कर एकदम बाहर निकल आया था।

उस दिन के बाद वह वहाँ नहीं गया था।

और आज तीसरे दिन जयराम आया था। सामने साक्षात् खड़ा था, सन्देशा लेकर, "तुम्हें बुलाया है...आज ही...अभी...।"

"...।"

"तुम्हें मालूम है, वह एकदम निढाल पड़ी है। असल में वह कोई मामूली सीजनल बुखार नहीं है, चेचक है। तुमने तो बस ऐसी आँख फेरी...वैसे तुम्हारा कसूर नहीं है...उसी की गलती है, पर बड़ा पछता रही थी...बाद में उसे फील हुआ...बुखार में शायद बहुत घबरायी हुई थी उस दिन।"

ऐसे किसी भी संवाद में वह उलझना नहीं चाहता था...क्यों भीतर खिंची हुई आग की लकीर को वह उलट-पलटकर देखे।

"जाने दो," उसने टालने के लिए कहा, "आज ब्रिज कहाँ जमे...।"

"अरे कहाँ! ब्रिज क्या जमेगा...तुम्हें बुलाया है। आज शाम ही वह तुम्हारे घर पर शिफ्ट करना चाहती है। कहती है, तुम्हारा घर रेगुलर घर है...ड्राइंगरूम, बेडरूम वाला...हम लोग तो वैसे भी...खैर, हम गेस्ट-हाउस में न भी रहते होते तो भी वह तुम्हारे ही घर आती।"

इस विपर्यय पर बड़ा क्षुब्ध हुआ वह। झाड़ भी खाये वह। रोग की पोटली भी उसी के घर बँधकर आये। लोगों की आलोचना वही सहे और मित्रों की ईर्ष्या भी उसे ही परोसी जाए।

आखिर क्यों? मुझसे पूछा तो होता...यह कृपा मुझ पर क्यों थोपी जा रही है?...

पर यह सारी उधेड़बुन उसके भीतर की ही थी...जाने क्या था, कौन था जो उसे खींचकर ले गया था वहाँ, शाम को।

उसे आया देखकर वह चहक...वह अरोक खिल उठना—जैसे इस बीच कुछ हुआ ही न हो...वह सबकुछ जैसे एक वहम हो...उस दिन की झाड़...उसके बाद इन दो दिनों की अनुपस्थिति एकदम अनस्तित्व हो। चेहरा ऐसा कि मन में गड़ती फाँस का कहना मानकर उस पर कोई आरोप चिपका भी दिया जाए या मान-अपमान, गिले-शिकवे के सवाल को बीच में खड़ा भी कर दिया जाए तो सब कुछ एकदम बेबुनियाद सिद्ध हो और बावेला खड़ा करने का दोष भी अपने सर पड़े। बुखार में तमतमाया हुआ करुण निरीह यह चेहरा एकदम बेदाग बच जाएगा...इसमें

कोई सन्देह नहीं।

उसकी चहक देखकर एक कील-सी उगने को कसमसाने लगी कहीं भीतर, पर बाँह से खींचकर पास बिठा लिये जाने की अनौपचारिकता ने दाब दिया था क्षोभ।

"जानते हो, यहाँ दम घुट रहा है" उसने प्रतीक्षा नहीं की, "यहाँ तकलीफ हो रही है...बैरे बात नहीं सुनते हैं...अकेला लगता है...समय नहीं कटता...यही ठीक है। तुम्हारे घर शिफ्ट करना है (जैसे वह तो इस फैसले में कुछ है ही नहीं) आज ही...।"

"घर से क्यों नहीं बुला लेतीं किसी को?" भाव-अभाव की मिलावट में डोलते हुए भास्करन बोला।

"क्यों बुला लूँ...मैं कह चुकी हूँ उनसे कि मैं अपनी देखभाल खुद कर सकती हूँ। सुख में, दुःख में, बीमारी में, आराम में अपना आगा-पीछा देख सकती हूँ। पूरा शहर सँभालती हूँ, अपने को नहीं सँभाल सकती?"

"सँभाल सकती हैं तो अपने को यों मुझ पर थोप क्यों रही हैं...मुझसे पूछा तो होता," परन्तु ऐसा कुछ उसके मन में ही लहराता रहा। उलटे उसने अपने को उसका सामान सहेजते पाया।

"प्लीज़, यह तौलिया भी उसी बास्केट में डाल लो...और वह नीचे के खाने वाले कपड़े भी रख देना...यह, इधर...यह स्लीपर भी बैग के नीचे ठूँस देना...होप यू डोण्ट माइण्ड।"

घर आते ही वह एक आज्ञाकारिणी बच्ची में तब्दील हो गयी थी...अफसरी का वह भारी-भरकम लबादा...रात के समय सुनसान सड़कों पर जीप दौड़ाते होने की लकदक दिलेरी...मुँह से निकले धुएँ के छल्लों के साथ खेलते होने की शौकिया मस्ती, और पी लेने पर भी सहज बने होने का अभ्यस्त आभिजात्य...वह सब कुछ पता नहीं कहाँ डूब गया था। बेहद शान्त, गले तक चादर में लिपटी, पानी भी माँगा तो बेहद नम्रता से माँगा। बात-बात पर मुस्कुरा देने का क्षीण श्रम, जैसे कम-से-कम इतना मुआवजा तो उसके घर पर छुट्टी लेकर बैठने के कारण दिया जाना जरूरी हो। चेहरे पर ऐसी तरल कृश कोमलता कि उस वाली दबंग कलक्टरनी की पहचान न मिल पाने का आश्चर्य घण्टों भीतर करवटें लेता रहे।

रात बैठ गयी थी सब तरफ। सवाल खड़ा था सामने, छुट्टी की अरजी दे चुके होने से भी विकट, शहरवालों की आलोचना-आशंका से भी पेचीदा कि रात को कहाँ सोया जाए। रोगी के कमरे में—आवश्यकता के तहत या दूसरे कमरे में

औपचारिकता के अधीन...।

ऐसा उद्विग्न अनिर्णय।...इतना बड़ा फैसला करते उसे तो पलक भी झपकनी नहीं पड़ी थी। पुड़िया में लपेटकर सन्देशे की तरह भिजवा दिया था अपना निर्णय जयराम के हाथ और बोरिया-बिस्तर बाँधकर अधिकार जताकर आ गयी थी उसके घर।

और यहाँ? सुबह से मन में काँटे की नोक की तरह सतत गड़ती इस दुविधा को वह अभी तक साध नहीं पाया। अच्छा है, पूछ डाला जाए।

"कहाँ सोना ठीक रहेगा मेरा?"

सोचा अपनी जरूरत, औचित्य, औपचारिकता वह खुद ही बताये। वह क्यों पड़ने लगा बीच में। भूल तो नहीं गया, उस दिन पलंग छूते ही झिड़के जाने की नामुराद याद।...कौन-सी बात उसके लिए सीमा का अतिक्रमण हो जाती है...वही जाने।

"तुम यहीं, इसी कमरे में सोओ...मेरे लिए तो यही अच्छा है," एकदम निर्द्वन्द्व, सहज, सुलझी हुई आवाज।

नहीं, कोई धोखा नहीं था। उसने आँखें गड़ाकर देखा और देखता ही रह गया।

यह स्थिति कि कहाँ सोना उचित है, उसके जैसे व्यक्ति को सुबह से उलझाये हुए है।

पहली बार उसे लगा कि इस अकुण्ठ निर्द्वन्द्वता के मूल को उसने अपने सामने अचानक देख लिया है। वह समझ गया है, उस तनावहीन निर्दोष बालसुलभ चेहरे का रहस्य।

वह चेहरा टुकड़ों में बँटा हुआ चेहरा नहीं है। भीतर की किसी-न-किसी हलचल को साथ लिये घूमते, छिपाते, सँभालते होने का कौशल उस चेहरे को नहीं चाहिए। नहीं जरूरी है उसे वैसे सन्तुलन का श्रम। भीतर-बाहर से एकमत, एकरस कोई हो तो व्यक्तित्व को अपने-आप मिल जाती है उतनी स्वतन्त्रता, सहजता, निर्द्वन्द्वता।...

"ठीक न लगता हो तो अपने कमरे में ही सो जाओ...जरूरत होगी तो तुम्हें पुकार लूँगी...यहाँ कोई घण्टी तो नहीं है न?"

उसे जताया गया था कि वह सोच में पड़ा है और कितना संकुचित कर देनेवाला है इस सवाल पर सोच में पड़े हुए दीखना...जैसे खोट अपने ही मन में हो।...

"नहीं, गलत क्यों लगेगा?" वह दौड़कर अपनी चादर-तकिया उठा लाया और वहीं सोफे पर पसर गया।

बात उसने ही शुरू की थी—अकादमी की, ट्रेनिंग के अनुभवों की, कॉमन स्टाफ की। वह दोनों एक ही प्रशासकीय अकादमी से दीक्षित होकर आये थे। वह चार साल सीनियर था—जिला विकास अधिकारी के पद पर, और वह असिस्टेण्ट कलेक्टर होकर आयी थी उसी शहर में।

बात उसने चलायी थी तो उत्तर देते रहना जरूरी था, समझते हुए भी कि बोलते रहने, सजग रहने का रोगी को खासा श्रम पड़ रहा है। पिछली बात का सिरा चुक जाने पर जान-बूझकर नयी बात नहीं चलायी थी भास्करन ने...जरा-सी देर में ही आवाज थम गयी थी उधर से...ऐसे मुआवजों, ऐसी दिलजोई की जरूरत क्या थी...

आने की जिद भी उसी ने की थी और जाने की भी वही कर रही थी—फफोलों का रंग फिरते और बुखार उतरते ही गेस्ट-हाउस में वापस जाने की जिद।

''नहीं, अब तुम अपना काम देखो...। अब मुझे अपने को खुद सँभालना चाहिए। बेयरे तो हैं...कोई दिक्कत नहीं होगी?''

''ऐसी ही कोई दिक्कत बताकर तुम यहाँ...मेरे घर आयी थीं न?'' छेड़ देने का जी चाहा।

''नहीं, नहीं बिल्कुल नहीं...मुझे तुम्हारी ही जरूरत थी इसमें जरा भी सन्देह नहीं'' एक उजली-सी आभा उसके चेहरे को छूती हुई निकल गयी।

इस अचानक के दुलार से वह संकुचित अधिक हुआ।

''अच्छा बदला दिया है तुम्हें,'' बैग में स्लीपर ठूँसते हुए वह बोली, ''सारा घर डिसइन्फेक्टेण्ट कराना पड़ेगा तुम्हें...।''

''तुम्हारी ही दी हुई दाह में जलना लिखा है, किसी-न-किसी बहाने,'' मुँह में उस समय कुलबुलाता वाक्य वह निगल गया और हँसता रहा।

शाम की चाय और दिनों की अपेक्षा धीरे-धीरे, गर्म-ठण्डे का एतराज करते हुए कई बार बनवाकर पी गयी। एक कमजोर-सा प्रतिवाद भी किया गया कि जैसे छह दिन, वैसे आठ दिन, शहर की अपवाह-आलोचना की क्या परवाह करना।

''उसकी परवाह वैसे भी कौन करता है?''

''तो फिर?''

''तो फिर कुछ नहीं...जाना है।''

वह समझ गया, उसे जाना है।

अलस भाव। कुछ कृश काया। क्षीण काँपती हुई आवाज पर जाने को सन्नद्ध तैयार।

''कोई और मुझे इस तरह सह नहीं सकता था...नन एल्स...,''...हाथ उसके हाथ में था, उष्ण दबाव पड़ रहा था—अचूक।

आवाज के खनकते खरेपन ने भीतर से कहीं छू दिया। क्षणांश में ही विह्वल कर देनेवाले आवेश को छिपाने के लिए ही उसने कहा, ''कुछ दिन के लिए घर क्यों नहीं चली जातीं?''

''घर मैं कभी ऐसे नहीं जाती हेल्पलेस होकर...मैं कह चुकी हूँ उन लोगों से...मैं अपनी देखभाल खुद कर सकती हूँ...और फिर यह सब तो रेसीप्रोकल होता है। मैं जब उनकी बात नहीं मानती तो वे भी क्यों मानने लगे?''

तब यह सोच पाना आसान कहाँ था कि उस कहने और न मानने का मुख्य मुद्दा है—उनकी ओर से शादी का इसरार और इसका मुँहफट इनकार।...

जान पाया होता तो...।

''तुम मुझे गेस्ट हाउस छोड़ने न भी चलो...मैं अकेली भी जा सकती हूँ,'' गहरे डूबने को फिर उसी ने तोड़ा।

''नहीं, नहीं...,'' वह व्यस्त हो आया।

गेस्ट-हाउस में पहुँचकर, उस कमरे में दो चक्कर लगाकर वह धम्म से कुर्सी पर बैठ गयी।

''यहाँ कितना अजीब लग रहा है न?...नहीं?''

हाँ, ऐसा उसी ने कहा था। इस संगत संजीदा आवाज के उद्‌गम को भास्कर ने, खिड़की खोलना छोड़कर, झट पलटकर देखा।

वह कहीं दूर देख रही थी, दरवाजे की जाली के भी पार। यह थकान थी, उदासी या उसके घर में मिले सुख की सराहना?

कुछ भी सतह पर नहीं था। वह भी अडोल, दूर...परे थी...लगभग पहुँच से परे।

तय कर लिया था उसने मन-ही-मन, कि रात का खाना वह यहीं, उसके साथ, गेस्ट-हाउस में खाकर ही जाएगा। साँझ ढले तो हर किसी को अपना घर भी बेगाना लगने लगता है।

कुछ बदल गया था उसके बाद से...कोई दूसरा सा नाम। कुछ और तरह का स्वाद। स्वाद स्वाद होता है, संज्ञा नहीं होती...नाम नहीं होता। घुल जाता है बताशे की तरह मुँह में। अनुपस्थिति जितनी सी भी होती है, शहतीर-सी छाती में गड़ती है और अपनी पीड़क एकाग्रता में मन-ही-मन उपस्थिति का विधान कर लेती है।

घिरा रहता है मन। जब स्मरण-मात्र लहर की त्वरा की तरह उद्विग्न कर जाता है तो प्राप्ति-उपलब्धि का क्या कहना।...प्राप्ति कोई सीमा नहीं जानती...स्वाद कोई नाम नहीं जानता। घुलना...असीम घुलना...अन्त तक घुलना, सीमाओं के काठीले शहतीरों को उठाकर बाहर दे पटकना...डूबना, फिर उबरना, फिर डूबना।...

वीकएण्ड्स पर आबू, जयपुर, उदयपुर, आगरा घूम आये थे वे दोनों। ब्रिज की टोली अपने-आप छितर गयी थी। उन्होंने तो कुछ भी नहीं कहा था जयराम या सक्सेना को, वे अपने-आप किनारा कर गये थे। कोई नहीं कह सकता था, दो-चार महीने पहले इन चार अफसरों की चौकड़ी अविच्छेद्य मानी जाती थी।

भास्करन को अब ज्यादा अखरने लगे थे घर से आये वह सारे पत्र। गड़ने लगी थीं इबारतें—सम्भावित वधू की पढ़ाई-लिखाई, ऊँचाई-मोटाई के ब्यौरे। असह्य लगने लगी थीं उन अदृश्य उँगलियों की धाँधलियाँ, जो उसके मुँह की तरफ देखते रहने पर भी, किसी सर्वसम्पन्न के पक्ष में अपने फैसले के दबाव को भी साथ ही इंगित कर देती थीं।

उसे पहली बार महसूस हुआ, वह स्वयं—श्री भास्करन राव आई.ए.एस.—कुछ नहीं है। असल नहीं है। असल है उसकी डिग्री, उसका रुतबा...शादी के बाजार में चढ़ा हुआ उसका भाव। वह गर्व किये जाने की वस्तु है, पर अपने लिए नहीं, उनके लिए, जिनके संरक्षण को स्वीकार करता हुआ वह आसपास के समाज से दो इंच ऊपर उठे होने का सम्मान दिला सकने में समर्थ है...वह उसे लेकर सौदा कर सकते हैं—सरेआम...।

अब क्यों?...अब तक यह सवाल क्यों नहीं चुभते थे?...अब क्या हो गया है कि यह साधारणता, यह सामान्यता, यह देखा-दाखी, चिट्ठियों-चित्रों की अदला-बदली चुभ रही है। बार-बार बँगलौर बुलाया जाना क्यों दुविधाओं के तम्बू तान देता है, और क्यों उसे चारों ओर से घिरे हुए वितान की नोकीली चोटी के नीचे खड़े होने की अनुभूति होती है—अकेले और बन्द।...

नहीं, वे कभी...किसी हालत में इस बात को स्वीकार नहीं करेंगे। यहाँ, इस जगह पर उनकी कल्पना को उत्तर नहीं मिल पाएगा—सजी-सजाई, ढकी-ढकाई, लाज-भरी पुत्रवधू की कल्पना। पुत्रवधू का प्रत्यय यहाँ कहीं नहीं जुड़ता था...बौखलाया, बेचैन, उखड़ा फिरता था इधर-उधर...

क्या सदा यूँ ही हुआ करेगा? यूँ ही बँटा करेगी जिन्दगी? प्रेम किसी और तर्क से और विवाह किसी और तर्क से किया जाएगा?

स्कूल-कॉलेज के दिनों की वह लोची-पोची मानसिकता ताउम्र चलेगी?

उलझन घुनने लगी थी मन को भीतर-ही-भीतर। अमिश्रित मिठास को पीते-पीते कोई बेहद फीका-सा घूँट अचानक गले में उतर जाता। बाँहें कसते-

कसते बीच कहीं अपना रास्ता भूल जातीं। तकता रह जाता वह अक्सर एकटक, जैसे उसे नहीं, उसके पार देख रहा हो कुछ...।

"क्यों खोटे सिक्के में तब्दील होते जा रहे हो तुम?...क्या परेशान कर रहा है तुम्हें?" काम समाप्त करते हुए वह बोली।

चपरासी से फाइलों का गट्ठर साथ उठवाकर लायी थी। यह कोई नया अभियान नहीं था उसके लिए। फाइलें उठा लाती और खोलकर सामने बैठ जाती, "देखो जरा, यह बड़ा उलझा हुआ केस है।"

और पूरी तरह भूल जाती कि यहीं कहीं, आसपास, इसी परस-दरस में होने पर बल्लियों उछला करता है मन। इस समय, यहाँ सामने बैठकर, फाइलों में सिर धुनते कुछ भी नहीं दीखता। दीखती है एक प्रबुद्ध तेजस्वी एकाग्रता, उसकी दोनों भवों की सिकुड़न के बीच पूरे विश्वास के साथ बैठी हुई।...जहाँ कहीं भी होती है वह...होती है समूची, पूरी...अखण्डित...।

क्या उत्तर दे? फाइलों के नीचे से गुलाबी तार खींचकर थमा दिया उसे। माता-पिता के आदेश को उन्हीं की भाषा में कह दिया था—अपने को पूरी तरह अलग रखते हुए।

क्षणांश को अवर्ण हो आयी उस चेहरे पर खिलखिलाती हुई रक्ताभा। आँखें प्रश्नोत्सुक। हाथ अनमने। टेबल को वह गुलाबी कागज का टुकड़ा लौटाते हुए।

"जानती हो...क्यों बुलाया जा रहा है?"

"जानती हूँ," गहरा घनेरा-सा कुछ अस्थिर स्वर।

कुछ क्षणों की चुप्पी। बीच कहीं खलबलाती हुई अपेक्षा कि अब शेयर कर चुके होने के बाद उसे ही बोलना चाहिए। इस दायित्व को अपना कहकर झेल लेना चाहिए। साथ बैठकर समाधान निकाल लेना चाहिए...।

पर वह तो आँखें झुकाये नाखून से टेबल पर आड़ी-तिरछी आकृतियाँ बनाती रही।

"यह ज्यादा आसान है। मैं उन्हें यहीं से तुम्हारे बारे में लिख देता हूँ...।" अन्ततः भास्करन ही बोला।

"मेरे बारे में?...मेरे बारे में क्यों?...मैं बीच में कहाँ आती हूँ?...मेरी तरफ से क्या यह बात साफ़ नहीं है?...ओह नो। शादी?...नो शादी...नेवर। मेरा ऐसा कोई ड्रीम नहीं है... कह नहीं चुकी मैं तुमसे कई बार?"

"कह चुकी हो...कहती रहती हो जाने कितनी बातें...जनरल...आउट ऑफ रेफरेंस...। विचार सौ बातों पर होते हैं, पर सबकुछ जिन्दगी में सच तो नहीं हो जाता न। जीवन जीना अलग बात है...हैं कि नहीं?"

"मेरे लिए सोचने और करने में खास फर्क नहीं है...। जो सोचती हूँ,

ज्यादातर वही करना चाहती हूँ।''

''हूँऽ, करना चाहती हूँ,'' फिर ये आवाज कहाँ से निकल रही है ऐसी फिस्स्-फुस्स्। इस तरह के वक्तव्य की बुलन्दी अपने-आप में कोई चीज होती है आखिर।

उस वक्तव्य के प्रति संशय ने उसके भीतर को रहने दिया अडोल।

प्रथम क्षण के आवेश को सह चुकने के बाद अपने-आप में आ गयी थी वह। एक वीतरागी स्पर्श सहला गया था उसकी अस्थिरता।

''तुम्हें नहीं मालूम...मैं किसी दूसरी मिट्टी की बनी हूँ...मैं अपने को अच्छी तरह जानती हूँ। मुझसे वह सब नहीं निभ सकता...खाने का सवाल सबसे बाद में...बाथरूम का इस्तेमाल सबसे बाद में...खाने की छुट्टी सबसे पीछे।...'पत्नी'...जिसे 'पतनी' कहते हो तुम सब लोग, वह मैं कभी नहीं हो सकती...मेरे अन्दर दूसरों को उस हद तक झेलने का माद्दा नहीं है...आय टेल यू! दे आर ग्रेट...दीज वाइव्ज...बड़ी महान हैं...यह पत्नियाँ...कितनी अच्छी तरह जानती हैं अपने को दूसरों की खातिर कैसे मारना है। कैसे शहीद होना है।''

सुनकर सिर भन्ना गया, कातरता भी सरक आयी भीतर, पर 'अबे! ओ पुरुष' अपने-आपको उसने झकझोरा, फिर कुछ अतिरिक्त जोर से...

''बड़ा घिसा-पिटा नक्शा खींच रही हो तुम घर का। इसी युग में राज कर रही हो स्त्री होकर...पूरी प्रजा लेकर..आखिर तुम भी तो ऐसे ही किसी घर से निकली हो। घर तो आखिर वही होगा जो उसमें रहनेवाले बनाएँगे। सोचो जरा, सम्बन्ध घर से बाहर हो सकते हैं, तो घर में क्यों नहीं?''

''नहीं, नहीं हो सकते...घर में होते ही स्टैण्ड बदल जाते हैं। राइट्स डयूटीज़ बँट जाती हैं। खेमे बन जाते हैं, और यह पत्नियों का खेमा...,'' होठों पर एक वक्र-सी तरेर झलकी...''मालूम है, इस खेमे में एक ही बात में परफेक्शन चाहिए...अपने लिए नहीं, दूसरों के लिए जी सकने का आर्ट चाहिए। अपने को घुला देना, मिटा देना वहाँ एक खूबी है और मैं? मैं अपने को भूल नहीं सकती...मैं अपनी जरूरतों को लेकर खासी अड़ियल हूँ। बदल नहीं सकती।''

''अपना अत्यन्त आत्मीय अगर सामने पड़ जाए तब भी नहीं?...ऐसे में सबकुछ बदल नहीं जाता?''

''बदल सकता है...पर कोई फायदा नहीं...कहे-सुने जोश में कुछ लाद भी लो तो देर-सवेर भुगतान करना पड़ता है...यह दुविधा...तोड़-फोड़ कर रख देती है इन्सान को। मुझे तो लगता है, करना वही चाहिए, जिसमें किसी का विश्वास हो...पूरा विश्वास...फुल फेथ।...''

''जिन्दगी विश्वास के विरुद्ध जाने की जिद करे तो?''

"लगाम लगानी चाहिए," परिहास से खिलकर कहा..."कुछ तो है, जो जिन्दगी की दूसरी चीजों से बड़ा है...काफी है...लड़ सकता है आदमी...अपने से...दूसरों से भी। कुछ दिक्कतें हो सकती हैं पर सबकुछ साथ-साथ चलता है। सन्तोष को किसी दूसरे स्तर पर खोजना पड़ता है...असल है सन्तोष, खुशी...अपने चुनाव और अपने वे ऑफ लाइफ़ से मिली खुशी..." परिहास पता नहीं कैसे ऐसे गहरे गाम्भीर्य में घुल गया था।

कोई सामने बैठा अपने जीवन-दर्शन की ऐसी गहरी व्याख्या कर रहा हो—चाहे कितने सहज, निरापद भाव से, तो अपना भीतर कितना रंक हो गया लगता है। कितना सालता है अपना खोखलापन, अपनी क्षुद्रता...अपना आवेग-आवेश...अपने जीवन-दर्शन को खखोलकर उपस्थित कर पाने की असमर्थता...।

कैसे बताया जाए कि पीड़ा का दंश जब छू लेता है तो खील-खील हो जाता है सबकुछ...कोई जीवन-दर्शन नहीं उभरता...किरणें जाल समेट लेती हैं...खुल जाते हैं सारे टाँके...कच्चा घाव टीसता है कहीं भीतर।...

इस दर्शन में कहाँ है जीवन-दर्शन। टूटना है...बस टूटना...सपनों, अपेक्षाओं का टूटना...।

कैसा अन्धेर है...धूल-गुबार-भरी दृष्टिहीन आँधी जिस दिशा से उठती दीख रही थी, वहाँ नहीं थी। बचाव जरूरी नहीं था उन चीजों से जिनके लिए कृतसंकल्प हो रहा था अब तक—समय, संस्कार, सामाजिकता, जाति-भेद, प्रान्त, माँ-बाप की अप्रसन्नता। आँधी उजली दिशाओं से चली आ रही थी, वेग से। गर्द-गुबार कुछ नहीं, शरद् की सुबह में डोलते झोंकों-जैसी ठण्डी झुरझुरी पैदा करनेवाली। सेंक, प्राण, ताप सब कुछ हर लेनेवाली...।

कैसा विरोधाभास! कैसा बेपहचाना दृश्य!...

रात क्लब में उसकी गहराई हुई मुख-मुद्रा देखकर छोटा-सा सन्तोष उसके मन में हिलोर ले गया। ऐसी संजीदगी उस चेहरे पर देखी गयी थी पहली बार। ताश खेलने में कोई दिलचस्पी नहीं, नाचने की कोई ललक नहीं, मिलने-जुलने की कोई चहक नहीं...कहीं कोई पहल नहीं...।

"उधर न चलें?" उसने क्लब की दीवार के पीछे की ढलान की ओर इशारा किया जहाँ थोड़ा उतरकर नीचे नदी बहती थी। टहलते-टहलते अक्सर निकल जाया करते थे वे दोनों वहाँ।

जानता था, इतना थोड़ा-सा बरस चुकने के बाद भी अधभीगी जमीन की उमस मन की उमस के साथ जुड़कर, घुटन को बढ़ाएगी ही...बाहर लॉन में बैठना

कहीं अच्छा है, फिर भी 'न' उससे नहीं कहा गया। वह नहीं कह सकता 'न'—किसी बात के लिए भी नहीं। वह ही कह सकती है 'न'। भारी-भरकम 'न'। असह्य अपाट 'न'।

आत्मदया की दलदल से बच जाने के लिए उसने अपने होठों में से एक सीटी खींचकर हवा में फेंक दी, और पैरों के तनाव को झटका देकर कुछ हल्का किया।

"क्या हुआ?"

"कुछ नहीं...यों ही।"

वह टहलना बेध्यान हुआ। अपने-अपने में बन्द...अपने-अपने भीतर खुला हुआ, संवादरत। गीली बोझिल मिट्टी पर पैरों की छाप धँसती रही...जूतों के तले मन-मन-भर के हो गये।

अधैर्य-सा कहीं भीतर उठा। रुककर, कमर में हाथ डालकर उसने प्रीति को पूरा मोड़ लिया, अपनी तरफ, अपने सामने...।

एक निःशब्द, गहरा, भरपूर आलिंगन...।

"चलो! यहाँ अच्छा नहीं लग रहा," उधर पुल की बत्तियों के पानी पर काँपते प्रतिबिम्ब...इधर गिरने की मनाही से अभिशप्त आँखों की झिलमिल। लगा कोई कुरेद रहा है।

"हो सकता है वहाँ भी अच्छा न लगे," कहकर वह चुपचाप मुड़ गयी और साथ-साथ चलने लगी।

उसकी बाँह चाहे ठण्डी थी पर हथेली उतनी ही उष्ण, नरम, बोलती हुई।

इस छोटे से आवेग को महसूसते हुए उसकी छाती में नये सिरे से कुछ गड़ने लगा। वैसी घुटन...वैसा अँधेरा...संग-संग चलते वैसी निस्संगता...अकेलेपन का पूर्वाभास...।

"आर यू...आर यू श्योर प्रीति?" कहाँ की घुटन रास्ता फलाँगती कहाँ आ पहुँची थी।

"ओह भाश!" स्वर का पीड़न एकदम चटकीला था..."कह नहीं चुकी मैं?...दर्द क्या मुझे नहीं होता...मैं भी कोई लकड़ी-पत्थर नहीं हूँ, पर जान-बूझकर, सोचते-समझते असफलताओं में कूदना...नाट मी...मेरे लिए जिन्दगी बहुत कीमती चीज है...वेरी प्रेशियस..."

व्यर्थ!...व्यर्थ ही उसने समझाने की कोशिश की कि घर में बहुत-सी बातें एक-दूसरे का प्यार, अधिकार मानकर भी तो की जाती हैं। सहज एक-दूसरे के अनुरूप बदलना होता है—खुद-ब-खुद! बिना माँगे...बिना जताये...

"बस! बस! बस...यह तो सबसे बेदर्द माँग है...यही तो सबसे ज्यादा मारने

वाली बात है,'' उत्तेजना में उसने अपना हाथ छुड़ा लिया था।...''किसी से चाहा जाना कि वह खुद ही सोचकर, समझकर, सामनेवाले की इच्छा को ध्यान में रखकर अपने-आपको बदल ले...इससे बड़ी कोई और डिमाण्ड नहीं हो सकती।''

उस पीड़न से इस तल्खी की यात्रा कहीं गहरा घायल कर गयी भास्करन को। अपने पर क्रोध भी आया। अभी-अभी तो वह अँधेरे में जुगनुओं की तलाश में दौड़ रहा था और कहाँ अब अपने को अपने ही रक्त में लथेड़कर रख लिया है।

''रिलेक्स!'' वह बहुत धीरे से बुदबुदाया और कुछ तेज चलने लगा।

एक अवाक् अभिमन्त्रित मौन ने जाने कैसे उन्हें डांसिंग हॉल में दाखिल करा दिया।

धुन उनके मन की गति से ज्यादा तेज थी। व्यर्थ थके...व्यर्थ चुके। दोनों को एक-सी अनुभूति हुई।

बराण्डे में पड़ी बेंत की कुर्सियाँ बाहर लॉन के आखिरी सिरे पर, मेहँदी की मेंड़ के पास घसीट ली गयीं। फिर धम्म से कुर्सियों पर बैठना और वैसी ही अनमनी चुप्पी।

पहले कौन बोले?...क्या ऐसी कोई अपेक्षा, प्रतीक्षा बीच में थी?

जिस बात पर बोलना चाहता था वह, वही निषिद्ध होती जा रही थी...लगभग वर्जित। कहाँ फुस्स हो गया था वह अधिकार...वह गूँज और सेंक...वह खिलन्दड़ा अपनापन।...

मन से बड़ा और कौन-सा चोर है जो चोर-दरवाजे से घुसना न चाहे। कैसे किसी को समझाया जाए कि और कुछ सूझता ही नहीं वहीं जाने के सिवा...वहीं...वहीं...वहीं...टटोलने के सिवा। वही, वही, वही प्रश्न टक्करें मारता है मन में—आर यू श्योर प्रीति...आर यू?

''क्या कभी माँ या पत्नी बनने की आकांक्षा नहीं उठती मन में?'' वह पूछ बैठा।

अच्छा है, चोर-दरवाजे की यह ताक-झाँक एकदम सहज, शुद्ध जिज्ञासा जैसी लगे।

एकदम उत्तर नहीं आता हमेशा की तरह पटापट। बल्कि सोच-सोचकर, ''ऐसी किसी इच्छा को पालकर बैठना कितना इररेशनल है मेरे लिए, तुम खुद ही सोचो...हवा में तीर मारने से लाभ?...हाँ! बच्चों से बहुत-बहुत प्यार है मुझे, जहाँ कहीं भी हों, जिस किसी के भी हों...दे गिव मी कम्पलीट रिलीज...।...वे मुझे खूब राहत देते हैं।''

एकदम कौंध गया। कल्पना के मैदान में दौड़ आये मि. प्रसाद के बच्चे, मि. खन्ना और मि. पटेल के बच्चे। उन सबके बीच सुध-बुध भूलकर उसका शतरंज

खेलते होना, गाते होना, पंजों पर दुबक-दुबककर उनके पीछे चलते होना। बच्चे गायब हों तो जीप पर जा-जाकर उन्हें बटोरते होना। आइसक्रीम, लॉलीपॉप, चाकलेट के उनके नखरे बर्दाश्त करना।

पत्नियों ने पहले तो जिहाद बोलने की ठानी थी, ''दबंगई है। सावधान! बच्चों के रास्ते बड़ों की दाढ़ी पर हाथ फिराने की साजिश है,'' पर बीवियों के हथियार हवा में ही तने रह गये। वह हमेशा मिली उन्हीं के बीच...किसी कोने में मग्न बैठी, कॉमिक्स के ढेर में खोयी, नर्सरी राइम्स गाती, होमवर्क करवाती...सारी हलचल, मारा-पीटी, मान-मनावन में तल्लीन। बेदाम, बेभाव ऐसी गवर्नेस,...पत्नियों ने उसे जहाँ-का-तहाँ छोड़ दिया था 'बचकानी' कहकर, जैसे जिले का ऑफिस उसका प्रेत सँभालता हो।

वह अभी वहीं थमी थी, ''कितना कुछ है हमारे आसपास, जो हमें बेहद अच्छा लगता है, जिसे हम जी-भर प्यार करते हैं...वह सबकुछ हमारा ही हो, हमें बिलांग ही करता हो क्या जरूरी है?''

''कोई जरूरी नहीं,'' प्रवेश बन्द। इससे आगे कोई तर्क नहीं। कोई दरार नहीं। दरवाजा खुला है पूरी तरह फिर भी उसके पार नहीं जाया जा सकता।

नहीं, कुछ भी साफ नहीं रह गया है मन में। कुछ भी हाथ में नहीं, फिर भी ऑफिस छूटते ही एक जिद अड़ जाती है पैरों में। यह बात बहुत दिलासा नहीं दे पाती कि देर शाम क्लब में मिलना ही है।

व्यर्थ होता है बैठना...अवांछित...उलझानेवाला। जाकर बैठते ही पता नहीं कैसे वही प्रसंग चौकन्ना होकर आ बैठता है बीचोबीच। कोई नहीं छेड़ता, छिड़ जाता है अपने-आप, जैसे उसी-उसी बात की सफाई जरूरी हो। वह ही असंयत असहज किये है...उसी ने चुग लिया है सारा आह्लाद...झोंक दिया है सोच की भट्ठी में औचक।

उस समय वहाँ बैठे वैसा कुछ नहीं लगता...घर आकर अपने को नींद के हवाले करते ही चेतना पर चिपके हिम के फाहे निःशब्द झड़ने लगते हैं और एकान्त इस होने के आश्चर्य को आँखें गड़ा-गड़ाकर, देखता है।

पोछा करती हैं बातों की कड़ियाँ...स्वरों, शब्दों की टकराहट। बार-बार हाथ लगती है कड़वे निष्कर्षों की चटक पथरीली जमीन...

''अपनी सोच के विरुद्ध चलने से क्रैश हो जाता है सबकुछ...आत्मविश्वास... अपनी सोच...अपने इरादे...सपने...उस कीमत पर कुछ मिलता भी हो तो क्या फायदा...''

''हम सब शहादत के आदी हो गये हैं...सपनों की शहादत...इच्छाओं की

शहादत...चाहे वह कितनी भी निरीह और बेलाग हों। जो कुछ भी पाना चाहते हैं...उसके बारे में शुरू से ही कच्चे, आधे-अधूरे होते हैं। मन में कहीं-न-कहीं सोचते रहते हैं कि उसका फैसला हमारे हाथ में न होकर किसी बाहरी एजेण्ट के अधीन है...अब उसे चाहे तुम समाज कहो, संस्कार या आदत...। तुमने कभी सोचा है किसी चीज को पाने की जो भरपूर कोशिश होती है, उसके कितना आड़े आती है यह बात...''

हाँ, जेनुइन एफर्ट...जी-भर कोशिश...कोई करे भी तो क्या निकलेगा... टकराहट...क्रैश...दूसरे के सिद्धान्तों से भिड़न्त। फल-गोल अण्डा। कहेगी ऐसे, जैसे उसे पता न हो कि हथेली एक-अकेली बजने नहीं लगती। तुर्रा यह कि इतना हक तो तुम्हारा अपनी जिन्दगी पर बनता है कि तुम जब चाहो, जैसा चाहो, फैसला करो...आयम नो बॉडी देयर...

फैसला करूँ? क्या हवा में? आकाश के साथ? दिशाओं से कहूँ या दीवारों से बोलूँ?

कहो, पूछो, खोदो कि क्या अब तक जो कुछ होता आया है गलत होता आया है? क्या सारी दुनिया, सारा समाज, सारा चिन्तन गलत है, तो साफ बच जाएगी...''मैंने कब कहा गलत है...कुछ गलत नहीं। विश्वास जिस बात में जमता न हो उसे करना गलत है...कम से कम मैं ऐसा सोचती हूँ ठीक या गलत...क्या है, नहीं जानती।''

कहीं से, कभी भी छुओ, किसी भी रास्ते से चलना शुरू करो, घूम-फिरकर वही-वही बातें। वही एकतरफा विवरण...कॉस्ट-कीमत की तरह सबकुछ देखना...पारस्परिकता, आपसी लेन-देन, प्यार-अधिकार, मान-सम्मान के तहत कुछ कर पाने को कोई तरजीह न देना।

ऐसा अडोल धाकड़पना जबकि उसकी अपनी भी लिथड़ी पड़ी है जिन्दगी...उलझे पड़े हैं उसके भी पाँव...जरा-सा कुरेदो तो छलकने लगेगा लहू पर वही जिद...वही बोल-बोलकर...चीख-चीखकर अपनी जिदों को और...और गहरा करना...अड़ना...

कोई अन्त नहीं...कहीं नहीं ले जातीं यह बातें...कितनी जल्दी रास्ते का अन्त आ जाता है सामने।

हवाई जहाज से बैंगलोर जाया जा सकता था, पर नहीं जाया जाएगा। रेल के रास्ते खरामा-खरामा...मन की गति की तरह—कभी धीमी, कभी तेज। बीच की इतनी लम्बी राह को फलाँगने की कोई उतावली नहीं। पहुँचने की जल्दी नहीं। एक बिछा हुआ अन्तराल...थोड़ी-सी साँस...थोड़ा-सा समय। चलो मियाँ भास्करन...घर के बुद्धू घर को। इस बात को टालते होने का फायदा। हवा यहाँ भी भारी है, वहाँ भी

भारी। हो सकता है चले जाने से मन को कुछ राहत मिले...

पर कहाँ? वहाँ जाने का अर्थ है फैसले का काँटों-भरा ताज सिर पर...हँसते हुए, बाजे-गाजे के साथ...।

किसने सुझा दिया।...असल में मति चकरा गयी है। इतना तक तो सोच नहीं पाता कि स्थगित हो सकता है...टल सकता है सब कुछ...जल्दी क्या है...उतावली किसलिए...।

ओह! यह अपनी ही कैद...अपने द्वारा थोपी गयी कैद। लगा चिट्ठियों से पैदा होते सतत शोर की गिरफ्त में आ गया है वह अनजाने, तिस पर इस बात का एहसास तक नहीं। कुछ हटकर खड़े होने से इस दबाव का केन्द्र बदल भी तो सकता है...जरूर बदल सकता है, ''आय मस्ट गो एण्ड पोस्टपोन...मस्ट।'' मुझे वहाँ पहुँचकर सबकुछ स्थगित कर देना चाहिए।

कुछ सान्त्वना-सी उसके मन को हुई और इस सान्त्वना को उसने बहुत हौले से स्टेशन पर 'सी-ऑफ' करने आयी प्रीति की तरफ सरका देना चाहा।

ऐसा अप्रत्याशित उसे क्षुब्ध कर गया। वह दृढ़ तीखे स्वर में बोली, ''मेरे कारण ऐसे किसी फैसले को पोस्टपोन करके तुम सिर्फ अपने को तोड़ोगे...मेरे मन में कुछ नहीं बदलनेवाला।''

क्रोध अपने पर आना था आया। जाने के क्षण की सघनता को उसने स्वयं ही खण्डित कर दिया और लहूलुहान भी वह खुद ही हुआ। सामनेवाले का क्या बिगड़ा, उधर से तो परे और परे हो जाने का यत्न ही हो रहा है।

देख तो रहा है वह टहल गयी है दूर—प्लेटफॉर्म पर। खुद हिलने की इच्छा नहीं! वहीं खड़े-खड़े दृष्टि से पीछा करता रहा। किसने छीन लिया है अधिकार और अधिकार का सत्त्व?

वह नल के पास जाकर खड़ी हो गयी। शायद प्यासी रही हो। पानी नहीं पिया। आगे बुक-स्टॉल पर टहल गयी और एक पत्रिका हाथ में लेकर लौटती हुई दिखी। दूर से अपना वैसे-का-वैसा खड़े-खड़े दिखते रहना। अपने को पिटा हुआ सा महसूस होने लगा अपना ही चेहरा। जेब से रूमाल निकालकर पोंछता रहा—माथा, आँखों के पपोटे, नाक, गाल, होठ, चिबुक—तब तक जब तक वह सामने साक्षात् आकर खड़ी नहीं हो गयी।

वह सामने मुस्कराती खड़ी थी—निर्विकार, असली, मौलिक...

''सॉरी!'' दायें लटकता उसका हाथ उसने आग्रह से अपने हाथ में ले लिया था।...''दिल दुःखाने की मेरी कोई मंशा नहीं थी...तुम्हारी दिक्कत समझती हूँ...आयम आलसो नाट...।'' सिर झटक लिया, ''साफ कह देना जरूरी था न...साफ सोचने में तुम्हारी मदद ही करना चाहती थी।''

"तुम्हें कुछ नहीं होता न?" आवाज के मरहम ने ही उसे ऐसी अधीर कातरता में लथेड़ दिया था।

दर्द की एक लहर सामने दीखते चेहरे पर दौड़ी थी या उसे यूँ ही ऐसा लगा था—केवल अपने मन की छाया...।

उस एकटक देखने से वह बेचैन-सी हो आयी, "हो भी तो क्या मुझे तुम्हारी जिन्दगी पर कुण्डली मारकर बैठने का हक मिल जाता है? तुम्हारी जिन्दगी तो तुम्हारी है—तुम्हारी अपनी मलकियत—जब चाहो, जैसा चाहो फैसला करो...। नाउ बी योरसेल्फ..."

नहीं सह पाऊँगा इस चुल्लू-चुल्लू-भर मिठास को, फिर बोल बैठूँगा, फिर माँग बैठूँगा, फिर जिद करने लगूँगा...।

पता नहीं अचानक क्या देख लिया था उसने। बिखर पड़ने की किरकिराहट या कुछ और...हाथ-पैर ढीले किये खड़ी थी, तैयार हो गयी।..."चलूँ अब?...हँअ...? ठीक है न?...गुडलक...गुडबाय...!"

किसी उत्तर के लिए फिर वह रुकी नहीं, चलती चली गयी। एक मुक्का-सा छाती पर लगा...वह सामने दीखता पीठ का परायापन खूब चुभा, खूब खला, पर दौड़कर रोक सकने की हिम्मत नहीं थी।

यह निश्चय ही वह नहीं थी जो मोम की काया की तरह उसकी बाँहों में पिघल जाया करती थी।

छुट्टी पन्द्रह दिन की ली गयी थी। महीना-भर और बढ़ा ली गयी। पोस्टिंग-स्टेशन पर लौटकर आया गया—सपत्नीक।

एक नहीं, दो नहीं, तीन नहीं, कई पत्र लिखे थे उसने प्रीति को, "पेरेण्ट्स बजिद हैं...यहाँ लगभग सबकुछ तय है"..."बड़ी अजीब सी अनुभूति हो रही है...तुम्हारे साथ होने का चैलेंज कुछ और ही अर्थ रखता...यू आर रियली ग्रेट, आदि-आदि।"

प्रीति उसी क्षण पत्रों के टुकड़े-टुकड़े कर दिये थे, और अपने जिले के टूर पर निकल गयी थी। उन कस्बों के अँधेरे अकेले डाकबँगलों में उसने जी-भर डायरी लिखी। जी-भर सोयी...छोटे-मोटे बाजारों में घूमती फिरी...कई पेण्टिंग्स बनायीं...। जो कुछ था, छँट गया था अपने-आप...खामोशी से।

होना ही था—शादी का रिसेप्शन। उसी क्लब में, उसी लॉन में, उसी परिवेश और गन्ध के बीच...।

बुके प्रीति का था सबसे सुन्दर और सबसे बड़ा। यह क्या थी, बड़बोली

ढाँप-ढूँप...या...खिसियाहट? हर टोली में वह इसी तरह, इसी घुटे हुए तनाव से स्वीकारी गयी। अतिरिक्त दया...अतिरिक्त स्वागत...अतिरिक्त अनुकम्पा!

"ओह! इट्स टायरिंग," मुक्त होने के लिए दिशाओं की जड़ता को भूलकर वह नाची...जी-भर नाची। थक जाने पर दम्पती को मुक्तमना कामनाएँ दीं और चल दी। मुद्रा निराच्छन्न थी उसकी।

पिछले दिनों चेहरे पर कभी-कभार दीख जानेवाले कोई बादल नहीं...छायाएँ नहीं...तनाव नहीं...लगाव की लहरें भी नहीं...आते-आते रंगों के निशान भी नहीं...सबकुछ सन्तुलित, निर्विकार!

रहा नहीं गया था उस दिन। कितने दिनों से चलती आ रही थी लड़ाई। उँगलियों ने अन्ततः विद्रोह कर ही दिया था। मन के आदेश का अनुवाद कर दिया था। डायल घुमा दिया था—"क्या आज दोपहर बाद कमरे में चाय पीने आ सकती हो?"

"तुम्हें ठीक लगेगा?" आवाज में न कहीं व्यंग्य था, न उद्वेग।

"मैं ही तो बुला रहा हूँ," अपने ही स्वर में परत-भर संकोच की पहचान...खिसियाहट।

वह मिला उसे—पूरी तरह हिला हुआ, अस्थिर, अशान्त, हथेली की रेखाओं को पोंछता-मिटाता।

यह असहजता...यह उखड़ापन लक्षित न कर पाना असम्भव था।

"कैसा लग रहा है?...इंजॉयिंग?" वह बोली।

कोई व्यंग्य नहीं है आवाज में...वही छलकती हुई संवेदना...वही समझी-बूझी पोर-पोर मिठास। उत्तर क्या है उसकी बात का?...क्या हो सकता है उत्तर? उत्तर बन पड़ता तो सामने बिछी जिन्दगी इसकी गवाही न देती होती।...कैसे कह सकता है भूल नहीं पाता।...डूब नहीं पाता।...दरकिनार रख नहीं पाता।...छीलती हैं बातें...जागती रहती हैं आँखें...भीतर एक संसार—वैसे-का-वैसा खुला पड़ा है, जिसके होते, जिसके रहते सबकुछ गलत हो गया लगता है। अपने को अपना ही शरीर मांस का लोथड़ा और चेहरा दोगला, नीच, गलीज लगता है...

क्या उपाय है?...अपने को वापस पा सकने का उपाय?...कनफेशन? सरेण्डर! एस्केप? कुछ नहीं मालूम...कुछ नहीं।...

"हो क्या गया है तुम्हें? जिस रास्ते में विश्वास करते हो तुम, वह चुन लिया गया...अब?...अब क्यों यह उथल-पुथल?" वह पूछती है।

अब? अब? अब?...भीतर कुछ झनझना रहा है बेतहाशा।

"अब भी!...अब भी!...प्रतिध्वनित हो रहा है उसी तरह।"

"कहीं ऐसा तो नहीं..." सोच में पड़ गयी दीखती है वह। "यह सब कुछ तुमने अपने विश्वास की वजह से उतना नहीं, जितना एक चलती आयी आदत या संस्कार या हो सकता है, सामना न कर सकने की मजबूरी में किया हो? यूँ देखा जाए तो अपने विश्वास को जाँचने-परखने का मौका ही कब दिया है अपने-आपको तुमने?"

मौका नहीं दिया...क्या होता है मौका देना? कैसा होता है? अपने लिए—मात्र अपने लिए कुछ भी परखने बैठना? एक बना दी गयी है संस्था...कर दिया गया है विधान...उससे अलग जाने का ध्यान ही कहाँ आता है मन में? प्रश्न ही नहीं उठते तो तोड़ना-जोड़ना कैसा? असल में हम पिछलग्गू हैं...पीछे चलना अच्छी तरह जानते हैं। अपना रास्ता नहीं बनाते...उस बँधी-बँधायी लीक में कुछ नहीं अटकता, तभी तो न?...रहते रहना होता है महज आदतन...। ऐसा होता चला आया है...होता रहेगा...महज आदतन...।

"ओफ! तुम्हारी यह चुप्पी...कुछ बोलो तो सही...यूँ ही बुलाकर बिठा लिया है सामने...।"

"हाँऽ, आँऽ!...हाँऽआँ...क्या पूछा था तुमने...इंजॉयिंग? हैं न? इंजॉयिंग...यस यस इंजॉयिंग...!"

"लगता तो नहीं ऐसा...दिक्कत क्या है अब?...टल नहीं गयी वह घड़ी?...आफ कोर्स एक जानलेवा घड़ी। मैं चाहती या कह लो, न सह पायी होती तो चल देती तुम्हारे साथ या तुम्हीं ने चाहा होता तो खड़े रहते मेरे साथ...। नहीं कह सकती थी मैं तुम्हें...यहीं...अपनी वजह से रुके रहने को। यह कहना भी एक आदेश, एक बन्धन देना हुआ। मैं जब खुद उसे नहीं मानती तो दूसरे को..."

"...।"

सरकते-रपटते जा रहे हैं शब्द—बेअसर, सपाट। चेतना उन्हें नहीं सुनती, नहीं सोखती। छिन्न हो गयी अनन्त बुँदकियों को चुग-चुगकर भीतर कोई निर्मित करता जाता है पारे की भारी, चमकीली, थरथराती हुई गेंद...इधर-से-उधर लुढ़कती चलती है और सारे सन्तुलन को गड़बड़ा देती है। इस समय तो कठिन हो रहा है सहना...इस सामने बैठे हुए सामने को सहना...।

"लिस्सन!...एक बात पूछूँ?...ऑलदो एम्बेरेसिंग..." वह पूछ रहा है।

सामने कानों की लौ खड़ी हो गयी...फिर चुप्पी...प्रत्युत्तर में भी चुप्पी।

हिम्मत...पूरी हिम्मत..."तुम्हारे लिए अभी भी मेरे मन में बनी रहनेवाली चाह को अब तुम कैसे लोगी...आय...आय मीन कैसे इण्टरप्रेट करोगी...?"

पूछने का साहस कर ही डाला था तो आँखें गड़ाकर देखता भी रहा।

"जैसे की जाती है...पुरुषोचित! नेचुरल!" साफ लगा, खूब खुलकर हँसने

की उसकी इच्छा को किसी असाधारण गाम्भीर्य ने आ दबोचा है। आँखें गड़ाकर चेहरा न देखता होता तो इतनी तेजी से हुए भाव-परिवर्तन को शायद समझ ही न पाता।

"शिद्दत का कोई क्षण होता है तो वह अपने-आपको खुद मनवा लेता है...तुम अपनी तरह से कह सकते हो कि उसकी कोई तयशुदा नैतिकता नहीं होती...।"

"तो फिर?"

"फिर कुछ नहीं। जहाँ तक मेरा सवाल है, मैं परायी चीजों को हाथ नहीं लगाती। डर-डरकर कुछ भी नहीं किया जाता मुझसे। आय लेट थिंग्ज गो...ऐसा नहीं लगता कि खुशी किसी एक ही रास्ते से आती है...कितनी ही अनजानी पगडण्डियों से यह हमारे पास चली आती है। जिन्दगी मेरे लिए किसी एक ही जगह पर आकर खत्म नहीं हो जाती..."

एक कटा हुआ कमरा

सीमेण्ट और ईंटों के ऊबड़-खाबड़ ढेरों, और पानी की नन्हीं-नन्हीं बावड़ियों को लाँघते-लाँघते एक क्षोभ-सा हो आया। बड़े-बड़े लकड़ी के लट्ठों के बीच कैद अधबनी इमारत से सीमेण्ट किरकिरा रहा था। एक कटी-सी कॉलोनी शहर के पिछवाड़े।

मैंने किसी न किसी तरह उनका यह नया मकान ढूँढ़ निकाला। एकदम सामने बिना रँगी मैली लकड़ी की बनी सीढ़ियों की सीधी उठान। एक बार ठिठका, फिर ऊपर चढ़ गया। वहाँ पहुँचा जहाँ से कमरे के आयताकार को सीढ़ियों की इस उठान ने बीचोंबीच आधा हड़प लिया था। वह कमरा नहीं कमरे की टुकड़ा रह गया था।

मेरे मन में एक प्रश्न-सा तन गया—वे तो कहते थे हम पिछले सप्ताह से नये मकान में प्रवेश करेंगे।

मैंने निश्चय ही सोचा था कि वे उस सारी घुटन, सीलन, तंग दरवाजों और नीची छतों की विभीषिका से एकबारगी मुक्ति पा लेंगे। सब के सब—उनकी माँ, पिता, दो भाई, दो भावजें, दो बहनें और कई एक बच्चे।

एक उघड़ा हुआ घर-बाहर मेरे सामने बिछा था। न जाने मुझे क्यों लगा कि यह सारा बिखराव मुझे एकाएक दबोच लेगा। यह भी लगा कि मैं ठगा गया हूँ पर मैंने अपने आप को भीतर-ही-भीतर झिड़क-सा दिया।

'आइए-आइए' के अत्यन्त मुखर अभ्यर्थन में चार-छः हाथ व्यस्त हो उठे और किसी कोने में दुबकी दो फोल्डिंग कुर्सियाँ एक झटके से खुलकर बीच में बिछ गयीं। एक पर वे बैठे और दूसरे पर मैं बैठ गया। बैठते ही लगा, एक मैं ही बूट चढ़ाये बैठा हूँ शेष सब...।

सीढ़ियों के सामने ही नये-पुराने जूतों का ढेर-सा लगा था।

मैं जूते उतारकर वहाँ रख आने की दुविधा में पड़ गया होऊँगा तभी तो वह भाँपकर बोले—चलेगा, हम घर में जूते पहनते तो नहीं हैं पर आप पहने रहिए।

उस कटे कमरे से दायें को लगकर एक रसोई फैली थी। एक छोटा-सा प्लेटफॉर्म, एक छोटी-सी खिड़की जो डिब्बों की कतारों के जमाव के कारण कभी

खोली नहीं जा सकती थी। इधर-उधर लुढ़कते कुछ बर्तन, छत के किसी कुण्डे के साथ लटकता एक छिक्का, अनाज के दो बड़े ड्राम...और उसके साथ एक दरवाजा जो निश्चय ही बाहर की ओर खुलता होगा पर बन्द था। एक ओर फिर वही रसोई को काटता और तंग करता लकड़ी की सीढ़ियों का ढाँचा। मुझे लगा इसे ऐसे ही क्यों नहीं छोड़ दिया जाना चाहिए था। यह ढाँचा उस दरवाजे के बाहर से भी तो हो सकता था कि कमरा न कटता। यह बात तो मुझे कभी बाद में पता चली कि गुजरात में कमरे के बीचोंबीच सीढ़ियाँ उठा देना आम बात है, पर ऐसा ढाँचा पहली बार देखने पर मैं क्षुब्ध ही हुआ।

इस निश्चय से कि अब इधर-उधर नहीं देखना है मैं फिर से अपने को समेटकर बैठ गया। उनमें से किसी ने आगे बढ़कर जंक से जमे खिड़कियों के स्टॉपर खोलने का उपक्रम किया और अन्ततः खोल ही डाला। एक ठण्डा झोंका आकर मुझसे लिपट गया।

''बड़ी अच्छी हवा है।'' मैंने अपने को कहते सुना।

आह्लादित चेहरों पर मुस्कानें और चौड़ी हो गयीं। गद्गद स्वर में—''बस, यही तो बात है इस मकान में...''

प्रकृति की नेमतों को अपने साथ जोड़कर देखने में इतना खुश हुआ जा सकता हैं, यह सोचकर मुझे अच्छा ही लगा।

''क्या एक ही कमरा है?'' मैंने कुछ संकोच से पूछा था।

''नहीं, नहीं।'' एक तत्पर उत्तर। ''एक ऊपर भी है।''

''चलिए न देखने...आइए...।''

''चलिए।'' मैं उठ खड़ा हुआ। इस बार रसोई को चीरती वही लकड़ी की उठान सामने थी जिस पर मैं चढ़ रहा था।

''यह पढ़ने का कमरा।'' फिर कुछ हँसकर, ''यह हमारा स्टडी रूम समझिए।''

एक कोने में एक टेबल पर अस्त-व्यस्त लदी-ढकी किताबें। साथ में लगा एक बहुत बड़ा पलंग, गन्दे मलगुझे कपड़ों के ढेर से लदा। एक कोना जो बचा था वहाँ अपनी थोड़ी-सी उपयोगिता सिद्ध करता एक भीमकाय पैरोंवाला पालना। मैंने सोचा, यही पालना निवाड़ का...अगर कुछ छोटा....कमरे के एक ओर यदि लटकाया जाता तो...

मैंने अपने को फिर झिड़क दिया—मैं यहाँ कोई इन्सपेक्टर बनकर नहीं आया हूँ। इन लोगों से मिलने आया हूँ।

कमरे के साथ खुलती एक छोटी-सी छत। मुझे एकाएक साँस सी आयी। साथ ही सोचा आँधी, पानी, धूप, शीत में क्या होगा। छत तो छत ही है, किस काम आ सकेगी।

''कभी आगे पीछे इस कमरे में कन्वर्ट किया जा सकता है।''

''हाँऽआँ...''

''बहुत अच्छा है सब।'' मैंने धीरे से कहा।

वे खुश हो गये, बोले, ''चलिए, नीचे चलें। कुछ जलपान किया जाए।''

मैं यह सोचता हुआ नीचे उतरता हूँ कि मेरे इतना उखड़ते जाने का कारण क्या है आखिर। पाता हूँ 'नये मकान' से लगकर मेरी कुछ अपेक्षाएँ थीं जिन्हें पूरा न होते देखकर मैं उद्विग्न हूँ। यूँ मैंने ज्यादा नहीं सोचा था...केवल दो साफ-सुथरे और हवादार कमरे, रसोई और बाथरूम की जरूरतों के अलावा।

''किस विचार में पड़े हैं...लीजिए, नाश्ता कीजिए।''

''इतना सब....''

''अरे, इसमें क्या है। यहाँ की स्पेशियलिटी है, यह काजू के बिस्कुट...आपके लिए खास तौर से मँगाये हैं...अभी के अभी।

''यह कॉलोनी अच्छी है, यहाँ पानी...''

''यह बिस्कुट आपको मालूम है किस भाव मिलते हैं?''

पैंट के भीतर मेरे घुटने अपने आप सिकुड़ने लगे। ''जरूर महँगे होंगे,'' मैंने बहुत धीरे से कहा।

''नहीं साब...थोड़े महँगे नहीं, बहुत महँगे हैं।'' वे 'बहुत' पर कुछ अतिरिक्त जोर देकर बोले थे।

''पूरे पचास रुपये किलो हैं...लीजिए, लीजिए खाइए...अरे खाईए न!''

मेरे मुँह में रखा गया बिस्कुट का टुकड़ा मुझे सूखे आटे की तरह खुश्क लगने लगा। मैंने पानी की माँग की और घूँट के साथ न जाने क्यों मुझे लगा कि मैंने कुछ न खाने योग्य कुछ गटका है। इसके आगे मैं तुरन्त कुछ बोल नहीं सका। रेंग-रेंगकर धीरे-धीरे पास आते और उस छोटी टेबल के सहारे खड़े होकर प्लेट पर झपटते बच्चे को चुपचाप देखता रहा।

''धन्नु, नहीं...नहीं'' एक कठोर आदेशात्मक स्वर।...''नहीं, नहीं...'' वह एकदम आगे बढ़े। एक बिस्कुट का जरा-सा किनारा तोड़कर बच्चे की तरफ और दूसरे हाथ से व्यस्त-से होकर प्लेट को मेरी तरफ बढ़ाते हुए बोले, ''आप खाइए न, यह इसे बेकार बिगाड़ेगा।''

''उसे खाने दीजिए न,'' मैंने एक बड़ा कमजोर-सा प्रतिवाद किया।

वे अधैर्य से बोले, ''आप इसे जल्दी से खा क्यों नहीं लेते?...''

एक दबा हुआ क्रोध मेरी रीढ़ के निचले भाग से रेंगकर ऊपर चढ़ने लगा। मैंने कहा, ''मेरा पेट बहुत भरा है,'' और एक-एक बिस्कुट उठाकर मैंने आस-पास-मुझे घेरकर बैठे—सब लोगों में बाँट दिया।

मेरी इस क्रिया से उन्हें अत्यन्त निराशा हुई यह मुझसे छिपा न रहा। अपने हिसाब से उन्होंने, इन सब बिस्कुट पाने वालों को इस कृपा के अयोग्य ठहरा रखा था अतः उन्हें बुरा लगना स्वाभाविक था। शायद यह भी लगा हो कि पैसे व्यर्थ गये। वहाँ से उनका ध्यान हटा तो फिर एकदम व्यस्त-सा होकर बोले, ''कौशल्या, जरा एलबम तो लाओ दिनेश का।''

मैंने कुछ याद-सा करते हुए कहा, ''अरे हाँ, वह तो किसी फेलोशिप पर लन्दन गया था न पिछले साल? कहाँ है आजकल?''

''यहीं है। आजकल नागपुर गया है इन्टरव्यू देने।''

दो एलबम आ गये थे। मुझे बात का बदल जाना अच्छा लगा। मैंने अपना सिर एलबम में गड़ा लिया, क्योंकि वे सब-के-सब मेरी कुरसी के चारों ओर मुझे घेरे खड़े हो गये थे। ऐसी घेराबन्द उत्सुकता मुझे तनावभरी लगी। मेरी ओर से एक खास तरह की प्रतिक्रिया की अपेक्षा से भरी। मुझे मालूम है ऐसा सोचना गलत है। कठोर सा कुछ। ऐसा सोचने की छूट अपने को देनी नहीं चाहिए, खास तौर पर तब, जब किसी की तंगी और मजबूरी का इतिहास उससे जुड़ा हो, पर मैं उनकी इस उत्तेजना और अपेक्षा के प्रहारों से अपने को बचा नहीं पा रहा हूँ। वह मुझे किसी दूसरी अनुभूति की पहचान के दरवाजे तक ले जा रही है। मैं उसी में फिसलता जा रहा हूँ। उनका साथ नहीं दे पा रहा हूँ।

एलबम के पन्ने खोल रहा हूँ। लम्बे बालों में उनके भाई का वह चेहरा मुझे कुछ बदला-सा लगा। उस घर में बैठा न होता तो शायद पहिचानने में भी मुश्किल पड़ती। बेहद आत्मसजग ढंग से, बेहद सावधान मुद्रा में कुछ भाव चित्रों में कैद किए गये थे। हर चित्र के नीचे सुघड़ अक्षरों में कुछ इस तरह के विवरण थे—'आई विफोर माई शेविंग मिरर'...'आई ऑन माई ब्रेकफास्ट टेबल...आई नाउ रेडी टू गो'...'आई ऑन माई बेड' आदि आदि। साथ में तिथि और स्थल भी लिखा था। कुछ आगे जाकर एक फोटो के नीचे 'आई विद माई गर्लफ्रैंड' और लिखे हुए के आगे दो-तीन प्रश्न चिह्न। इस स्थल पर मेरे सिर पर झाँकते चेहरों से एक दबी हुई खी-खी उभरी। मैं शायद इस अन्तर्निहित के लिए तैयार न था।

'इसमें विशेष क्या है' के भाव से मैंने झट वह पन्ना पलट दिया और अनमने भाव से आगे आगे पलटता ही रहा।

''अरे, आप तो कुछ देख ही नहीं रहे हैं...यह तो देखिए...यह भी...'' वह बीच-बीच में पन्नों पर पूरी-पूरी हथेली फैला देते हैं।

''हाँ बहु अच्छी आयी हैं।'' मैं एलबम वापस थमाते हुए कहता हूँ।

''अच्छा कौशल्या, धन्नु का वह सूट दिखाओ जो दिनेश बाहर से लाये हैं।''

"ऐसे क्यों देखेंगे, मैं अभी पहना कर लाती हूँ।" नायलोन के एक बुने हुए सुन्दर से वन-पीस जोड़े में बच्चे को बलात् घुसाने की कोशिश की गयी। इस बन्धन से वह अप्रसन्न दीखा और रोने लगा। रोना रोकने की कोशिश की गयी तो जमीन पर लोटने लगा। लोटने लगने ने सबको कातर कर दिया। बच्चे की बाँह खींचते हुए कौशल्या बोली, "चल पहले इसे उतार...दिवाली पर पहनना।"

"थोड़ी देर रहने दो न!" वे दबे हुए आक्रोश को यथासम्भव ढाँपते सहज भाव से बोले।

"मैला हो..."

"कहा तो है जाने दो थोड़ी देर।" अनिच्छा से जाने देती है कौशल्या।

"बच्चा अब कूदकर मेरी कुर्सी पर चढ़ने को होता है। मैं...मैं बच्चों से विरक्त नहीं हूँ। उस बच्चे से भी नहीं। पर इस समय मुझे वह किसी दूसरे घुमड़ते आते घनघोर का हिस्सा लग रहा है। भीतर ही भीतर तनाव बन रहा है, पर तनाव के कारण को मैं खुद जान नहीं पा रहा। मैं धीरे से बच्चे के गाल थपथपा देता हूँ और उठने को होता हूँ। वे कहते हैं, "यह तो आपने देखी ही नहीं...यह शीशे की अलमारी हमने हाल ही में ली है।"

लकड़ी की अलमारी के सामने वाले एक पारदर्शी शीशे के पीछे चार-छः छपी हुई साड़ियों की गड्डी, ब्लाउज, पेटीकोट, दो-तीन मर्दानी धोतियाँ, कुरते, दो-चार गहरे रंग की चादरें और एकाध प्लास्टिक के मेजपोश दिखाई दिये। उससे नीचे के खाने में स्टील का एक टी सेट और काँच की दो-चार सफेद प्लेटें रखी थीं। उनमें से कोई चाहता तो कपड़ों को नीचे और प्लेटों को ऊपर के हिस्से में रख सकता था। पर कोई मेरी तरह क्यों चाहता...

"यह टीसेट तो देखिए...भई बहुत ही महँगा मिला है।"

मैं जैसे अपने ही विग्रह से परेशान हूँ। उनका साथ नहीं दे पा रहा हूँ। मैं उनके हर्ष में हिस्सा लेना चाहता हूँ। प्रफुल्ल दिखना चाहता हूँ। उस पूरे परिवेश को उनकी दृष्टि से देखना चाहता हूँ पर उखड़ रहा हूँ। घुट रहा हूँ। मुझे लगता है मेरे चारों ओर एक ऐसा उघड़ापन है जो मुझे घोंट रहा है। कुछ है जिसका सम्बन्ध इस वातावरण से नहीं इन व्यक्तियों से नहीं, तिरमिराने को तैयार खड़ी इनकी मानसिकता से है। उनके व्यवहार में एक तरह का दिखावा, एक ओढ़ापन घुसकर बैठ गया है। वे जो जो, कुछ कह-कर रहे हैं उनकी असलियत से मेल नहीं खा रहा, इसलिए भोंडा, अश्लील और अनैतिक लग रहा है।

वे सब जैसे थे अब से अधिक अच्छे, अधिक सुन्दर, अधिक सहज और गरिमापूर्ण थे। मैं उन्हें आसानी से स्वीकार पाता था। उन्हें पा सकता था, छू सकता था, उनकी निर्दोष आत्मीयता को एक उष्ण आरामदेह वस्त्र की तरह पहन सकता

था और उनसे पायी प्रफुल्लता के लिए उनके प्रति कृतज्ञ भी हो सकता था। कुछ और दिखने की महेच्छा ने उन्हें जकड़ा नहीं था। वह अपनी लम्बाई-चौड़ाई को खींचकर वहाँ तक पहुँचाना नहीं जानते थे, जहाँ वे खुद न हों वस्तुएँ ही वस्तुएँ हों। महँगे बिस्कुट, महँगे सूट, आयातित छवियाँ, उनका चेहरा बन जाने की परिसीमा पर लरज़ रही हैं। अब तक तो वे वह अपनी इच्छाओं और यत्नों को एकसाथ जोड़कर कर चल रहे थे, सुघड़ लग रहे थे।

"आप एकाएक चुप कैसे हो गये?"

"नहीं तो...मैं चुप कहाँ हूँ..."

मैं सच में चुप नहीं हूँ। केवल चुप दीख रहा हूँ। मुझे लगता है मैं जब से आया हूँ लगातार बोल रहा हूँ। सिर्फ मन में दौड़ते शब्दों को उनतक पहुँचा नहीं पा रहा हूँ...कह नहीं पा रहा हूँ।....कहना भी चाहूँ तो कैसे कह पाऊँगा, क्योंकि मैं बिल्कुल...बिल्कुल समझ ही नहीं पाऊँगा कि कहना क्या है।

"चलूँगा अब! मैं उठ खड़ा हुआ।"

"इतनी जल्दी?" वे भी उठ खड़े हुए।

"हाँ, कहीं और भी जाना है...टाइम दे रखा है।" मैंने झूठ का सहारा लिया।

"तब तो फिर..." अब वे जूतों के ढेर में से अपनी चप्पल का दूसरा पैर तलाशने लगे थे। सीढ़ी तक मेरे पहुँचने तक तो उन्होंने चप्पल पैर में पहनने के बजाय हाथ में ले रखी थी। उसे हाथ में उठाकर मुझे दिखाते हुए बोले, "देखिए इसका तला टायर का नहीं है...अच्छे दाम पर मिल गयी थी।" मैंने अनसुना किया और सबको एक सरसरा सा अभिवादन करके, किसी के साथ आने की प्रतीक्षा किये बिना, सीढ़ियाँ उतरने लगा।

स्कूटर स्टार्ट करते करते वे मेरे पीछे नीचे उतर आये और चारों ओर एक गर्वभरी निगाह से देखते हुए एक वाहन-सम्पन्न अतिथि का मेजबान होने की गरिमा को चबुलाने लगे। मैंने मात्र हाथ उठाया और सरपट भागा।

परमा की शादी

सुबह ही सुना परमा ने शादी कर ली है। विश्वास नहीं हुआ। परमा शादी नहीं कर सकती। शादी में उसका विश्वास नहीं है। या जिस चीज में विश्वास नहीं है उसका नाम शादी होगा। नाम लोगों के रखे हुए हैं। एक उसी उसी अनुभव को बार-बार जीते असुविधा पड़ने लगती है तो नाम खोजना पड़ता है।

अनुभव लम्बा होता है। कभी घड़ी भर चलता है, कभी घण्टों, कभी दिनों, कभी हफ्तों, कभी महीनों, कभी सालों, कभी जन्मभर...शादी जन्मभर चलने वाला अनुभव है इसलिए परमा को शादी नहीं करनी थी। हालाँकि वह जानती थी कि जो अनुभव जन्मभर चलता है उसमें केवल वही, मात्र वही अनुभव नहीं होता, उसमें और भी बहुत से अनुभव जुड़े रहते हैं। कुछ ठिठके रहते हैं। कुछ लदते हैं। कुछ गायब हो जाते हैं। शादी के अनुभव का नाम केवल शादी होना नहीं है ऐसा परमा ने जरूर जाना होगा, इसीलिए शादी की होगी।

क्या उसे पहले पता नहीं था कि शादी एक अनुभव नहीं बहुत से अनुभव हैं। शादी एक समय नहीं, बहुत से समय हैं। शादी एक घटना नहीं, बहुत-सी घटनाओं के घटते चले जाने का कारण और कोलाज है। शादी की है तो जानती ही होगी। न करती तो कैसे जानती। जब शादी की नहीं थी, जानती नहीं थी तो इनकार क्यों कर रही थी? किसी काम को करके ही तो उसके बारे में जाना जा सकता है। किया ही नहीं तो जानना कैसा...इनकार कैसा...स्वीकार भी कैसा...और क्यों?

उसने दूसरों से सुन रखा होगा कि शादी क्या होती है। वैसे भी उसका ऐसा कुछ जान लेना मुश्किल नहीं था। वह 11 साल से स्त्रियों की एक संस्था चलाती है। संस्था स्त्रियों की ही हो, ऐसा उसने खास ध्यान रखा था। उसमें मरदों की दखलन्दाजी नहीं होनी चाहिए। उसके खयाल से मरदों को पहले से ही बहुत कवरेज, बहुत एक्सपोजर, बहुत स्थान, बहुत अधिकार, बहुत सत्ता मिली हुई है। उसके ख़याल से उन्हें और सिर चढ़ाने की जरूरत नहीं थी। उन्हें दरबान की तरह अपने सरोकार के घेरे से बाहर रखा जा सकता है। सड़ते रहो, भुनते रहो, खड़े रहो बाहर। अवहेलना महसूस होती रहे यहाँ किसी को फर्क नहीं पड़नेवाला। बहुत हो

चुका...होता आ रहा है सदियों से। अब कब तक उनकी ही चलती रहेगी। वही पढ़ेंगे, वही बढ़ेंगे, वही कमाएँगे, वही खिलाएँगे, वही सन्तान देंगे, वही...वही...वही।

यह क्या हो चला है परमा को। लगा, वह तो उन्हें घेरे के बाहर रखने गयी थी पर उनकी ही बात ले बैठी। व्याख्या-स्याख्या करने लगी। भूल गयी कि टेढ़ा बाँका बोलकर कहो तो भी क्या, बात तो उन्हीं की ही की जा रही है। उन्हीं से लगकर। उन्हीं से लगकर अपने को सन्दर्भित किया जा रहा है। धत् तेरे की। क्या दुःखों-सुखों का सारा बावेला उन्हीं के वजूद की टोकरी में भरा है? उसने तो सोच-समझकर ठोंक-बजाकर तय किया था कि स्त्रियों की संस्था चलाएगी उन्हीं के सुख-दुःख देखेगी। उन्हीं की गति प्रगति से वास्ता रखेगी। आदि-आदि...। चलो यहाँ तक भी खैरियत कि संस्था में पुरुष ओढ़ो, पुरुष बिछाओ, पुरुष से सन्दर्भित होओ पर ऐसा तो होता आया है कि अपने सरोकार की गेंद बाहर की दीवार से टकरा-टकराकर वापस अपने पास लौटती है। अपनी परिधि ढूँढ़ती है। केंद्र कुछ भी हो परिधि अपनी है, अपनी बनती है, अपनी बनायी जाती है।

संस्था के शुरू-शुरू में चार सदस्या थीं। चारों उदग्र, उत्साहित, उत्तेजित। उत्तेजना इंजिन है। इंजिन के बिना कुछ नहीं चलता। भाप न हो तो गाड़ी नहीं खिंचती। आग न हो तो भाप नहीं बनती। आग भी, भाप भी, गति भी, इंजिन भी सब कुछ जरूरी है। यह थोड़ेई कि शुरू करने वाले खुद ही धरना देनेवालों की तरह बैठ जाएँ। उन्हें तो चलते रहना है। आगेवालों के लिए सड़क तैयार करनी है।

चार से चौदह फिर चालीस सदस्य हुए। दिक्कतें इतनी बढ़ीं कि पुरुष भूलते गये। एक स्त्री का मन एक स्त्री का धन (?)। एक स्त्री का इतिहास ही इतना बड़ा है तो चौदह का कितना होगा। फिर चालीस का कितना होगा। फिर चार सौ...छः सौ...हजार...अनन्त। एक-एक के मन में सौ-सौ सदियों का दुःख भरा पड़ा है। सुख आराम तो कोई है ही नहीं...सच में...गहने, कपड़े सब धूल हैं फुसलाने के हथियार। गाड़ी, बंगला उसका तो नहीं...पराया ही समझो।

अब पराये के वैभव पर क्या इठलाना। बरतन-भाँडे वह अब लेना नहीं चाहती। ले-लेकर थक नहीं गयी? खूब उल्लू बनाया। रोटियाँ बिलवायीं। सालन पकवाया। चटनी पिसवायी, साफ-सफाई करवायी, कपड़े धुलवाये, बच्चे पलवाये...क्या-क्या नहीं करवाया गया। कोई और होता न...अरे, अब होने को और तो वही मुआ मरदूद ही है न। पर यह एकदम अलग जैसी बात संस्था की सोच में नहीं आती। संस्था संगठन की भावना का अकेला नाम है और गाँधीजी ने कहा था, "भाइयो संगठित हुए बिना कोई लड़ाई जीती नहीं जा सकती।" अब गाँधीजी कोई छोटी-मोटी चीज तो हैं नहीं न?...

हाँ तो परमा की 'प्रेरणा' संस्था के चार सौ सदस्य। परमा सुबह-सुबह उठकर फोन पर बैठती है—संगठन के लिए कितने ही शीर्षक...कितने नेम, कितने उद्देश्य, कितने मुखड़े, कितनी योजनाएँ, कितनी परिचर्चाएँ, कितनी जागृति यात्राएँ, कितने अन्दरूनी झंझट, कितने कानूनी लफड़े। ऊपर से भगवान ने स्त्री का शरीर ही ऐसा बनाया है। वह लेते समय भी दे रही होती है। मान लो उसे कुछ नहीं मिलता तो वह क्यों दे—वह ऐसा सोचे, ऐसा प्रण करे, ऐसा संकल्प ले फिर भी...यह तो उसके बस के बाहर की बात है। उसकी बनत, बुनावट ही ऐसी है। प्रेम, प्यार, नजदीकी, सब कुछ गडमड हो जाता है, किसी बात की कोई सरहद ही नहीं रहती। निरायास को सायास से मारना कितना मुश्किल है...हैंऽऽकि नहीं।

साटन के गाउन की रेशमी डोरियों से कमर को मुक्त करके परमा फोन पर बैठती है। ढेरों...ढेरों-ढेरों बातें...। यह तो अच्छा हुआ इधर ई-मेल ने साँसों की फिजूलखर्ची बचा ली। पूरमपूर थ्रिल।...बटन दबाओ...बेआवाज बतियाओ। क्या किया जाए। नया मुसलमान प्याज ही प्याज चिल्लाता है। यह उक्ति उसने तो नहीं बनायी सदियों से चलती आयी है पर इधर तो ई-मेल का पिटारा खोलने का मन ही नहीं होता। ई-मेल में भी गद्दर होते हैं। पहली बार सुना। ई-मेल के यातायात में भी ऊब दाखिल हो चुकी है। इस संक्रामक रोग पर तो बड़े देशों ने बरसों से काबू पा लिया सुना है...खैर!

परमा फोन पर बैठती है तो लछमा चाय लाती है। लाकर खड़ी रहती है। कैसे बोले? फोन का बीचोंबीच कितना खतरनाक होता है...सामनेवाला दिखाई जो नहीं देता। कौन सुन रहा है?...कौन सोच रहा है? कौन कहने जा रहा है? कौन जवाब देने जा रहा है? अब तुम्हीं बताओ...तुम्हें कैसे पता लछमा...दो कप पानी क्या उबाल दिया कि लगी सिर पर चढ़ने...देख-सुनकर टाँग अड़ाया कर।

तब से लछमा चुप रहती है। केवल ताकती है। इशारे का इन्तजार करती है। चाय पास में रख देती है फिर भी जाना नहीं चाहती। उसे जानना है...जानना नहीं पूछना है। आज कब जाएँगी...नहीं, कब वापस आएँगी...अकेली खाएँगी या बहुत से खाएँगे?...जूस के लिए मौसम्बी नहीं मिली तो क्या अनन्नास चलेगा?...नहीं तो कुछ और? छाछ तो शायद पिएँगी नहीं?...यह भी नहीं पता इस्तरी के लिए साड़ी नीली जाएगी या पीली...नीली के साथ का सैण्डल तो कब का टूट चुका है...नया आया नहीं। अब यह काम तो वह कर नहीं सकती न। परमा बिजी है तो बिजी है। उसे तो इतना तक याद नहीं रहता कि घर में लछमा की दो जुड़वाँ बिटिया हैं। एक को दस्त चलते रहते हैं, दूसरी को निमोनिया। लछमा रोती-धोती है तो सन्ता कहता है, "मैं क्या करूँ। जानती तो हो एक की खुराक दूसरी पी गयी...। तुम्हारी लौंडिया तुमसे कुछ कम नरक तो नहीं।"

लछमा सन्ता से कुछ नहीं कहती। परमा जो है। परमा ने कहा था, "मैं जो हूँ...काहे की फिकर। औरतों का ही काज लेकर बैठी हूँ। तेरा नहीं करूँगी तो किसका करूँगी।" पर्स की जिप खोलकर 50 का नोट परमा ने लछमा की ओर बढ़ा दिया था।

"यह पैसे यों ही हैं...मेरा मतलब है तेरे बच्चों के लिए। तेरी तनख्वाह के नहीं हैं। मैं तुझे पहले ही बता देना चाहती थी ताकि तुम्हें भार महसूस न हो।'

लछमा नोट पकड़ते झिझकती है। "ड्राइवर से दवा मँगवा देतीं तो अच्छा था। मैं कहाँ से...कब लेने जाऊँगी।"

"अच्छा" परमा नोट वापस ले लेती है फिर भी दवा नहीं आती। टल जाती है। जैसे सारी बातें टल जाती हैं। असल में परमा बिजी है। लछमा कुछ भी नहीं कहती। 30 दिन के बाद आनेवाली पहली तारीख का इन्तजार करती है। पहली को तनख्वाह पूरी मिल जाती है। 50 तनख्वाह के तो थे नहीं जो परमा को उस समय याद रहते।

परमा फोन रखती है। लछमा खड़ी रहती है। यही खोट है खड़े रहने में। लछमा के हाथ अनचले नहीं रहते। मेज पर लदी-फदी किताबों के ढेर पर से अँगुली की पोर से मिट्टी क्या पोंछी कि परमा तिलमिला गयी—"स्टाप इट।" लछमा ने सुना। "इट्स योर फाल्ट, आय हैव सेड सो मैनी टाइम्स..."

"जी, क्या कहा?" लछमा जानना चाहती है। गरदन आगे बढ़ाती है। फोन फिर चीखने लगता है। हेलो, जरा रुकिए। चोंगे पर हाथ रखकर परमा कहती है, "तुम जानती हो मुझे धूल पसन्द नहीं है। खबरदार, शाम तक एक 'स्पेक' भी न मिले मुझे यहाँ।"

लछमा डर जाती है। अपने हाथ बगलों में बाँध लेती है। फिर याद आता है ऐसे बाँहों को बाँधकर खड़े नहीं होना था, बाँहों को लटकाकर रखना था सीधे खड़े रहना था—अनचले।

परमा बतियाती रहती है।

लछमा को जवाब नहीं मिलता। वह खिसकती बाहर टहल जाती है। अभी ग्यारह बजे तक तो और कितने मौके हैं पूछ लेगी। लताड़ नहीं खाएगी। रसोई में छिपकर नहीं रोएगी। पहले पूछ लेगी बाद में बच्चे को दूध पिलाने जाएगी। जब परमा नहाने चली जाएगी। उसी समय परमा कम बिजी होती है...खूब देर लगाती है। तब लछमा चली जाएगी...अभी खड़ी रहेगी। चाय ठण्डी हो गयी तो दुबारा बनाकर लाएगी...कभी-कभी तो तिबारा भी। परमा बिजी जो रहती है...बड़े-बड़े काम। वह कोई लछमा थोड़ेई है कि मरगिल्ली छोरियों के मुँह में अपने थन ठुँसाये रखे। शादी नहीं की। आजाद रही। न झंझट मोल लिए। न बाल-बच्चे। न गूँ मूत।

न आटा-परात। न गुलामी-सलामी। न मार-पीट। छुटम्मछुटा-खूब आजाद, ठकुरानी...महारानी...परमा रानी...

फिर परमा ने शादी क्यों की?

लछमा सुनेगी तो क्या कहेगी।

ठहरो, इन्तज़ार हुसैन

यह तब की बात है, जब इन्तजार हुसैन की 'बस्ती' छपी थी। खबर पाते ही वह बाजार गया था और किताब खरीदकर उसने अपने सिरहाने के रैक में रख दी थी।

रखते समय फिर उसने किताबों को गिना था। देश के बँटवारे को लेकर लिखी गयी यह दसवीं किताब थी। इन किताबों में उसके जीवन का कोई जरूरी हिस्सा बन्द है। उसे विश्वास था कि किसी न किसी दिन उसे इनकी जरूरत पड़ेगी। वह इनको पढ़ते समय अपनी जिन्दगी को पढ़ रहा होगा।

जिन्दगी चलती रही थी। दिन गुजरते गये थे। जरूरत नहीं पड़ रही थी। एक दिन पत्नी ने कहा था—''इन किताबों को परे हटाओ। बच्चों को रैक्स चाहिए।''

उसने पत्नी को घूरकर देखा था। पत्नी ने कहा था वह उसे इतना घूरकर न देखे। अब वह उससे पहले की तरह डरती नहीं। कयामत जैसी चीज सर से गुजर चुकी है। अब उसे कभी भी, किसी भी बात से डर नहीं लगता।

उसने अपनी घुड़की में जान-बूझकर कड़क पैदा करने की कोशिश की थी। कभी-कभी आसान होता है इस तरह जवाब देना, काम निकालना। सौ सुनार की एक लोहार की।

''कई बार कह चुका हूँ कि यह रैक यहीं रहेगा मेरे सिरहाने। ये किताबें भी यहीं रहेंगी। जो कोई इसे हटाएगा मेरे मरे का मुँह देखेगा।''

यह वह बात थी जिसके बारे में वह कहा करता था कि एकदम औरतानी दलील है। कुछ और समझ में नहीं आया तो बात को मरने-मराने तक घसीट लाये—इमोशनल एक्सप्लायटेशन।

इस वक्त उसने खुद ऐसी बात कही थी क्योंकि उसकी समझ में ही नहीं आ रहा था कि रैक खाली न करने के हक में इससे कड़ी बात और क्या हो सकती है।

सुनकर पत्नी के गालों की गुफा में एक फूत्कार सचेत हुई थी—लाचार जैसा क्रोध। यह नहीं कि उसे पति की धमकी पर विश्वास था, पर पति ऐसी धमकी दे तो वह इसे लाँघ जाना दिखा तो नहीं सकती।

गत्ते का डिब्बा जो वह रैक की किताबें पैक करने के लिए लायी थी, उसने

वहीं जमीन पर पटक दिया और बच्चों के कमरे की दिशा में आवाज बुलन्द करके बोली—''नहीं है कोई रैक-वैक। जहाँ चाहो पटको किताबें...तुम्हारे दादा को हर चीज सबसे पहले चाहिए।''

बच्चे वहाँ कहीं नहीं थे जो सुनते। जानता था उसे सुनाया जा रहा है। बच्चों की जरूरत को उसके हठ के आमने-सामने रखकर। उसे नीचा दिखाने के लिए।

वह यह भी जानता है रैक जहाँ है वहीं रहेगा, वहाँ से हट नहीं सकता। इन किताबों को उसके सिरहाने ही रहना है। किताबों में बन्द इबारत में उसके जीवन की धपधप छिपी है। किसी दिन उसे जरूर वक्त मिलेगा। किसी दिन जरूर वह इन इबारतों में से गुजरेगा, अपना अतीत पढ़ेगा...किसी भी दिन।

वह दिन अगर आज तक नहीं आया तो भी क्या, उसकी ऐसी विकट इच्छा के रहते आएगा तो जरूर। कहीं ऐसा न हो सामने से हट जाने से किताबें हमेशा के लिए तहखानों में चली जाएँ।

क्षुब्ध पत्नी शाम तक उससे नहीं बोली। अगले दिन भी कुट्टी कायम रही। सफेदी के बाद कमरे के दूसरे कोने में सामान व्यवस्थित करने के लिए वस्तुओं का जो ढेर बनाया गया था, उसी ढेरी पर सबसे ऊपर बच्चों की किताबें आड़ी-टेढ़ी लाद दी गयीं। यह उसे जताने के लिए था। वह चाहती तो कोई और कोना तलाश सकती थी।

उसने ध्यान न देने का मानसिक फैसला किया। ढेरी धीरे-धीरे छोटी होते-होते गायब हो गयी। बच्चों को और कौन-सा कोना मिल गया है, उसने जानना जरूरी नहीं समझा। बदस्तूर फर्नीचर बनाने के कारखाने में अपने काम पर जाता रहा।

अगर...अगर...अगर उसे पता होता कि उसकी पत्नी की जिन्दगी इतनी छोटी है और वह उसे छोड़कर इतनी जल्दी मरनेवाली है तो वह अपना हठ जरूर त्याग देता। उन किताबों को अपनी ही खाट के नीचे पटरा बिछाकर रख लेता।

उसे मालूम नहीं था। किसी को कुछ भी मालूम नहीं होता। घटनेवाली चीजें हमारी मर्जी के बिना ही घट जाती हैं। बात तो सिर्फ छाती में तेज दर्द की थी, मरने की तो नहीं थी...फिर क्यों मर गयी। देखते ही देखते उसकी बाँहों में झूल गयी जैसे चिढ़ा रही हो—''लो अब सँभालो सब। बच्चे, रैक, किताबें, जगह, सब का सब। वह अब कभी बीच में नहीं आएगी।''

वह खून का घूँट पीकर रह गया। जगह की बात पर उतना नहीं, ढेरोंढेर दूसरी बातों पर। यह अधबीच रास्ते में छोड़ जाने की उसकी पत्नी की बेईमानी...आपस में लड़ना तय था पर यह सब कहाँ तय था।

उन दिनों पसलियों के पिन्जर को सर्द हवा ज्यादा चीरने लगी थी। दिल भी कुछ ज्यादा ही दुखता था...पर दुखने का क्या रोना।

अब उन किताबों को खाट के नीचे पटरा रखकर रखने की जरूरत नहीं रह गयी थी। वह खुद ही वहाँ से हट गया था। कमरा बच्चों को दे दिया था। बैठक के तख्त पर अपना बिछावन बिछा लिया था। बच्चों के लिए नया रैक लाकर रख दिया था। अपना रैक अपने सिरहाने ले आया था। उसी तरह। अपनी उसी अन्तूक जरूरत के आदर में...

आज से पहले उसने शायद कभी सोचा भी न हो कि पत्नी और किताबों में वैसे भी कोई रिश्ता नहीं बनता। किताबें रखी रहती हैं, क्योंकि उनका जीने में से गुजरती जिन्दगी से कोई वास्ता नहीं। एक-दूसरे की सरहदों में कोई आवाजाही नहीं। होती तो देश-विभाजन के इतने बड़े हादसे पर उसके हाथ लगतीं इतनी-सी किताबें। लाखों के खून-खराबे को जुबान देती कुल जमा दस किताबें। यहूदी अच्छे निकले जिन्होंने अपना दुखड़ा तरल करके सारे संसार की धमनियों में बहा दिया। क्या कोई सूरमा नहीं था यहाँ—इन दो सरहदों के बीचोंबीच!

खुद ही लगा वह गलत सोच रहा है, लिखनेवाले और होते हैं उखड़नेवाले और। उखड़नेवालों को इबारतों में उलझने की फुर्सत ही नहीं। पैरों तले पड़े अंगारों को हथेली पर रखकर देखने की हिम्मत भी नहीं। अब वह अपने आपको ही देख ले। किताबें सिरहाने रखी बरसों से उसे पुकार रही हैं, और वह?

शायद इन किताबों को उसने पढ़ लिया होता तो यह मोह-माया छूट जाती, इतनी जकड़न कम हो जाती। इनमें लिखा हुआ सब कुछ उसे भी किस्से-कहानियों की तरह लगता। मन से भी बीत जाता। अभी तो वह ठीक से जानता तक नहीं कि इनमें क्या लिखा है। इतना जानता है इनमें उसके अतीत के गुम दर्दों का हिसाब बन्द है।

आज...आजादी के दिन...

आजादी के जश्न के दिन सुबह-सुबह टी.वी. के सामने बैठे उसे फिर वैसा ही लगा...वह बेमतलब, बेहिसाब हिल गया। क्यों हिल गया...क्यों हिल जाता है हर बार...इसी तरह...भीतर तक। क्या कुछ घटनाएँ हमारी जड़ों में छिपी नमी में दुबककर बैठी रहती हैं चुपचाप...और स्मृति को लगे जरा से धक्के से अपना सिर उठा लेती हैं। नहीं तो ऐसा क्यों होता कि कमरे में अकेला बैठा, टी.वी. स्क्रीन पर झण्डा फहराने का क्षण आने पर, वह अपने आपको एकाएक कुर्सी छोड़कर जमीन पर खड़ा होते पाता—सिर झुकाये, हाथ बाँधे। जय हेऽ जय-जय-जय जय हेऽऽऽऽ

की लय के डूबने तक एकदम अचल, निश्चल। यह सब अचानक घटता है, तेज गति से, उसके अनजाने। एक तिथि कैसे सारे वजूद को जगा जाती है। पता ही नहीं लगता कहाँ, कौन-सी डाल हिल रही है।

फुर्सत, क्या खो गये दिनों को इस तरह हमारे दरवाजों पर लाकर खड़ा कर देती है?

जब तक उसकी पोती स्वीटी कमरे में आयी टी.वी. का आकाश तीन रंगों के गुब्बारों से पटा पड़ा था और वह भीतर से अस्त-व्यस्त था।

आज 15 अगस्त है, स्वतन्त्रता की चालीसवीं वर्षगाँठ।

उफ। कितना समय गुजर गया। अपनी रफ्तार में समय के थान को लपेटता गया। जब लाहौर छोड़ा था तो वह उन्नीस वर्ष का था और निक्की की छवि एक जिद्द की तरह उसकी आँखों में बसी थी। अड़ी थी। अब वह चालीस जमा उन्नीस का है। यानी, जंगे-आजादी चालीस जमा उन्नीस। छूटा हुआ तब—चालीस जमा उन्नीस। तब से अब तक चालीस जमा उन्नीस—पूरे उनसठ, पूरे फिफ्टीनाइन—एक अधकचरी उम्र, न मैदान में, न पिछवाड़े।

दादा को ऐसे खोया देखा तो स्वीटी एकाएक अधीर हो आयी। ऐसी ही बात से चिढ़कर तो वह अपने पापा को छोड़कर आयी थी। उसने शिकायत की—दादा, पापा एकदम बेकार हैं। कुछ सुनते ही नहीं। हमेशा अपना ही काम, काम, काम। आज भी काम जबकि स्वीटी की छुट्टी है और उसे रोशनी दिखाने जाना है।

''रोशनी तो रात को होती है बेटे,'' उसने स्वीटी की भड़कती आती तेजी कम की।

''रात को नहीं, शाम को।'' स्वीटी इठलायी।

''चलो, शाम को ही सही। अभी तो रोशनी होने में दोपहर भर देर है। पर तुम तो जानती हो मेरे साथ जाने का फायदा नहीं। मैं अगर गया तो पैदल जाऊँगा।''

''मैं भी आपके साथ पैदल जाऊँगी।''

पर शाम तक तो स्वीटी और पापा के बीच सुलह हो चुकी थी। वह जानता था हो जाएगी। स्वीटी दादा के साथ नहीं जाएगी। गाड़ी में जाएगी अपने पापा के साथ। दादा से आँख बचाए, मुँह घुमाए कहेगी—''ऐसा है न दादा, आप भी हमारे ही साथ चलिए...''

वह हँसा, खूब हँसा, इतना कि आँसू छलक आये। स्वीटी को क्या पता उसे आज कहीं नहीं जाना है। घर में बैठे रहना है, अकेले। एक सरसराहट कब से उसके ध्यान को दस्तक दे रही है। उसी को खींचकर देखना है—आमने-सामने। अपने को सौंप देना है।

सब घर से चले गये हैं। चारों ओर एक चुप-सी पसरी है, पर मन शान्त नहीं

है...क्यों शान्त नहीं है? बाहर चुप्पी हो और अन्दर शोर, तो कितना डरावना-सा लगता है। कुछ और नहीं सूझा तो किताबों के रैक के सामने जाकर बैठ गया।

अब वह किताबों के रैक के सामने है। पहले 'झूठा सच'? नहीं...'आग का दरिया'? नहीं, यह भी नहीं...तो फिर 'उदास नस्लें'? नहीं यह भी नहीं। अन्ततः इन्तजार हुसैन की 'बस्ती' उसने खींची। छोटी है, निपट जाएगी। इस किताब का पतलापन ही उसके फैसले का पहला कारण बना।

इतना तो वह जानता था कि किताब तभी तक किताब है जब तक वह रैक में है—दो जिल्दों के बीच बन्द कुछ लम्बी लेटी काली सतरें। रैक के बाहर आएँगी तो कुछ न कुछ और बन जाएँगी।

ठीक ऐसा ही हुआ।

किताब इन्तजार हुसैन ने शहर के हवाले से शुरू की थी। शहर की कसमें खाते हुए। पर यह कौन-सा शहर होगा जिसमें उसका नायक जाकिर एक नये देश में अपने पहले दिन को टटोल रहा है। यह जिज्ञासा उसे सतत कुरेदती रही।

पुरानी जमीन पर उसरा हुआ एक नया देश...और नये देश के एक नये शहर में एक अजनबी नायक अपना पहला दिन ढूँढ़ रहा है। आजादी की आँच से सिंका हुआ पाक-पवित्र दिन...

समझ में नहीं आया कि पुरानी जमीन पर उसरे इस नये देश की बात पर वह हँसे या रोये। उस आँच की पवित्रता ही तो एक अकेली और उजली चीज थी जो कुर्बान जाने को थी। नहीं तो सब कहीं वही अँधेरा, वही दहशत, वही उदासी।

उसी उदासी, दहशत, और अँधेरे की बात थी जो इन्तज़ार हुसैन ने आगे लिखी थी। आगे के हर पन्ने में एक दबी-घुटी खलबली साँस ले रही थी। बहुत कुछ कहा जा रहा था पर कुछ भी साफ नहीं था। जगह-जगह—जहाँ-तहाँ वारदातें...चलाचली के चर्चे, गोलीबारी, कर्फ्यू के अन्देशे...कहवाघर में मिलते दोस्तों के बीच 'सामराजी दलालों' और 'समझौता-परस्तों' के बारे में बहसें...किसी बड़े हादसे के पहले की हवा को रेतती खिसपिस ही उसको पलटे जाते पन्नों से हाथ लगी।

वह हताश हुआ। लगा, जैसे जलते हुए दायरे के बीचोंबीच होकर भी वह बाहर खड़ा है—अनछुआ।

मन उचाट होने लगा। नहीं, यह सब वह नहीं है जिसे वह पढ़ना चाहता रहा। तो फिर वह क्या पढ़ना चाहता है, यह भी तो उसके मन में उतना साफ नहीं। खुद नहीं जानता अतीत के कौन से हिस्से पर हाथ रखने के लिए वह इस कदर

उतावला है।

घोर उचाट में वह जहाँ-तहाँ पन्ने पलटने लगा। मन भटकने लगा। इतना तक तो पता नहीं लग रहा था कि वह कौन-सा शहर है जहाँ उसका नायक यहाँ-वहाँ भटक रहा है। गलियों, सड़कों, मोड़ों, चौराहों का जिक्र है पर उनका कोई नाम नहीं कोई पहचान नहीं। ऐसा तो नहीं कि वह इन सब शहरों के नाम जानता न हो। छूमन्तर से उग आये नये देश के नाम इतनी जल्दी बदल तो नहीं गये होंगे।

अब तक नायक की मटरगश्ती उसके सामने थी—कि अचानक ही आन पहुँचा अनारकली बाजार का पड़ाव। उसने पढ़ा : "अनारकली बाजार—कुछ खुला, कुछ बन्द...भीड़ बहुत, खरीददार गायब..."

'अनारकली बाजार' का नाम आते ही वह ठिठक गया। उफ़। अब जाकर इन्तजार ने शहर की पहचान दी है। लेटकर पढ़ रहा था। उठ बैठा। यह, यह तो उसका अपना शहर है। लाहौर...लाहौर। थोड़ा ठहरो इन्तज़ार हुसैन।

आगे की इबारत उसे लगा माल रोड की ओर मुड़ने को है। अब जरा तो रुको, इन्तज़ार हुसैन। साँस वापस आने दो। यह उसका अपना शहर है...सुना तुमने?

पर शायद इन्तज़ार हुसैन के हाथों में उपन्यास की इबारत थरथरा रही है। उसका लेखक आगे चलने को आमादा है। वह खुद ही ठहर गया। रुक-रुककर उन सतरों को दोबारा-तिबारा पढ़ता गया। सरहद के उस पार बैठा, वह इस समय अपने शहर के चेहरे को पढ़ रहा था। दत्तचित्त होकर, गले में उचक-उचक कर आनेवाली भर्राहट को भूलकर।

अब एक नयी आँख उघड़ी थी। वह नायक के साथ चलने लग गया था। नायक को नयी जमीन पर चलने में मजा आ रहा था। एक सड़क से दूसरी पर, दूसरी से तीसरी पर, जाने वह कितनी देर चलता रहा। कितने जमाने बाद वह आजाद होकर चल रहा था। इस आशंका के बगैर कि अभी कोई बराबर से गुजरते उसके अन्दर छुरा भोंक देगा।

शहर में घुसते शरणार्थियों के काफिलों के बारे में वह पढ़ रहा है और मन में गडमड हो रही है। लाहौर से बाहर जाते काफिलों में वह खुद भी शामिल हो रहा है। यहाँ वाल्टन कैम्प है तो वहाँ डी.ए.वी. कालेज का कैम्प था।

इन्तज़ार की इबारत के साथ वह आगे बढ़ा। "शामनगर में कितने मकान खाली पड़े थे—दरवाजे और खिड़कियाँ खुले हुए, खुली खिड़कियों से घर में भरा साज-सामान नजर आता हुआ। लगता था जाने वाले बस अचानक दामन झाड़कर उठ खड़े हुए और निकल गये।"

उफ्फ। तुम्हें यह सब कैसे पता लगा इन्तज़ार हुसैन?...पर तुम्हें इतना तो पता

होना चाहिए था कि यह शामनगर नहीं था, सन्तनगर था।

और...और...और...सन्तनगर में उस अभागे दिन...शाम अभी ढली नहीं थी। पिताजी तेजी से आँगन के बीचोंबीच आन खड़े हुए थे। माथे पर घना-सा तनाव और त्यौरियाँ। कमर के कटाव पर चिपके हुए हाथ। वह चूल्हे की लपलपाती लपटों को एकटक घूर रहे थे जिस पर काँसे की बटलोई रखी थी।

अदरक की गाँठ हाथ में लिये माँ को आते देखा तो बोले, ''बटलोई उतार दे नीचे।''

''क्यों, दाल अभी पकी थोड़ेई है।''

''उतार दे, बस,'' पिता की आवाज में आदेश नहीं था, पर आदेश से कुछ कम भी नहीं था।

पिता का वैसा तेवर देखा तो माँ ने झाड़न से दोनों छोर पकड़कर बटलोई नीचे रख दी। पिता मुड़े, हैण्ड पम्प से बाल्टी भरी और पानी की मोटी धार चूल्हे पर साध दी। लपटें बुझ गयीं। चूल्हा काले घोल से गडुच्च हो गया।

''अब जरा सुन...पूरे ध्यान से...वे आ चुके हैं। इस गली के सिरे पर हैं।...जल्दी कर...अभी का अभी चलना है।''

''कहाँ?''

''कैम्प में...डी.ए.वी. कालेज के कैम्प में। घरों में रहते हिफाजत का दिलासा नहीं दे रही सरकार। अभी वहीं रहना होगा...जल्दी कर...जल्दी रख ले दो-चार जोड़े।''

वह कैनवस के एक लम्बे थैले में कम्बल ठूँस रहे थे।

माँ, पिता के इस असन्दिग्ध आवेश से खिंचने लगी थी। घबराकर बोली...''वोऽ तो मैं रख लेती हूँ, पर ऊपर के सब खिड़कियाँ, दरवाजे खुले पड़े हैं।''

''ओ तू छोड़ इस वक्त खिड़कियाँ—दरवाजे...जल्दी बाहर निकल। जानती नहीं...'' पिता माँ के कान में फुसफुसाकर कुछ कहने को उद्यत हुए थे।

''रुकिए, मैं बन्द करके आता हूँ,'' कहकर वह सीढ़ियों की ओर सरपट भागा था। पर बीच की मंजिल के खिड़कियाँ-दरवाजे बन्द करने की सुध उसे कहाँ थी। उसे तो जल्द से जल्द निक्की को आगाह करना था। छत पर पहुँचना था जहाँ निक्की से उसके मिलने का बेआवाज ठौर था।

एक मकान छोड़कर रहती निक्की का सिर, जब उसकी छत पर जड़े जंगले से नीचे झाँक जाता था तो वह जान जाया करता था कि उसे जाना है। ऊपर छत पर। जैसे भी। जाकर निक्की की नटखट इच्छाओं का पालन करना है। म्यानी से लगी पीछे को उतरती बन्द सीढ़ियों में खड़ी निक्की उसका इन्तजार कर रही होगी।

जाकर निक्की को बाँहों में भींचना है। इतना-इऽऽतना भींचना है कि...।

उसे याद है पसलियों की इस करकराहट से एक बार निक्की की चीख निकल गयी थी। निक्की का भाई किरपाल कहीं आसपास होगा, यह सोचकर उसने निक्की का मुँह इतनी जोर से दबाया था कि पीछे हटने में वह दो-तीन सीढ़ियाँ नीचे लुढ़क गयी थी। पीठ छिली सो छिली, घुटना भी घायल हो गया था। जोड़ के पास एक गुम्मड़ भी उभर आया था।

"रोशन, आज तेरे सिर पर सनीचर सवार है। अब मैं क्या कहूँगी नीचे जाकर?" निक्की घबरायी थी।

"अरे छोड़...कुछ भी कह देना। तुझे तो अनगिनत बहाने बनाने आते हैं।"

उसी शाम उसने अपनी माँ से सुना था कि एक घर छोड़कर रहती चावला साब की लड़की स्कूल में गिर गयी है। पीठ छिल गयी है। घुटने पर गुम-चोट आयी है। गुम-चोट बड़ी जबरदस्त होती है। बड़ी लम्बी चलती है। यह भी कि शाम को उसकी माँ को निक्की की राजी-खुशी पूछने निक्की के घर जाना है।

इस समय खिड़कियाँ-दरवाजे बन्द करने की बात तो वह पहली सीढ़ी पर पैर रखते ही भूल चुका था। वह लपककर सीढ़ियाँ चढ़ जाना चाहता था। बलवाइयों के बारे में पिता से जो बातें उसने सुनी थीं, वह जल्द से जल्द निक्की को बता देना चाहता था...आगाह कर देना चाहता था...मन में एक ही टंकार बज रही थी—निक्की-निक्की...निक्की। निक्की को वह सब पता नहीं होगा जो उसके पिता को पता है—वे आ चुके हैं। घर-घर में घुस रहे हैं। मर्दों को तो जान से ही मारते जा रहे हैं, बाहर घसीट-घसीट कर पेड़ों से बाँध रहे हैं। उनकी आँखों के ऐन सामने उनकी औरतों को...उफ...उफ्फ्फ...उसका दम घुटने लगा।

छत पर पहुँचा था तो थर्रा गया था। नीचे कहीं चीख-पुकार मची थी। शायद वे निक्की के घर के अन्दर तक पहुँच चुके थे। निक्की की छत से नीचे जाती सीढ़ियों के ऊपरी सिरे पर एक बलवाई पहरेदारी में खड़ा था। उसे अभी तक याद है अंगारा-सी आँखें और ठोड़ी पर कसी हुई एक काली पट्टी।

रोशन को आगे बढ़ते देखा तो एक कड़कड़ाती हुई झिड़की हवा में गूँजी—"ऐ ऽऽई लौंडे खबरदार...अभी तेरी भी खबर लेता हूँ।" वहाँ से खुद हिलने की बजाय उसने बल्लम की तमतमाई नोक रोशन की ओर तान दी थी।

उसे ठीक से पता नहीं कब उसके पिता उसे ढूँढ़ते छत पर आये थे, कब उसकी पीठ पर पीछे से लात जमायी थी, कब सीढ़ियों पर से घसीटते उसे नीचे लाये थे। उसे केवल अपनी कलाई पर पड़ती पिता की मजबूत पकड़ याद है और अपने कानों में थरथराती निक्की की घायल गहराती चीख। चीख ऐसी थी जैसे जिबह होते जानवर के गोश्त में से कोई पागल दानेदार दराँती वापस खींचता

है...खींऽऽचता चला जाता है।

बर्फ के पक्के काँच पर सुराख करता इस समय वह ऐसा बिखरा, ऐसे सुबका जैसे वक्त के सीने पर खून की जमी चीख पिघलती है—कतरा-कतरा, खून-खून, आँसू-आँसू। खूब रोया। जी भर रोया। इतने वर्षों बाद...चालीस जमा उन्नीस साल का एक बूढ़ा।

जबकि तय तो यही हुआ था कि यह आजादी की जंग है। इसे लेकर कभी भी...किसी भी बात पर रोया नहीं जाएगा।

खाली लिफ़ाफ़ा

तुमने कहा था मौका पड़ा तो खाली लिफाफा भेजोगी। मुझे इस तरह खबर करोगी। इस तरह मुझे पता लगेगा कि तुम किसी संकट में हो। इस तरह कि उस लिफाफे में कोई सन्देश नहीं होगा। इस तरह कि कलह से पटे मेरे घर में किसी को अन्दाजा तक नहीं लगेगा कि उसमें लिखा क्या है। इस तरह कि न कही जा सकनेवाली बातें भी पहुँच जाएँगी मेरे पास—अपने-आप। इस तरह कि उसे दामादजी तक खोलेंगे तो कुछ भी जान नहीं पाएँगे। इतनी चौकस चटियल देवरानी भी पा जाएगी तो कुछ समझ नहीं पाएगी। इस तरह कि जेठानी जी अपनी साड़ी की चुन्नटों में छिपाकर लाएँगी भी, खोलेंगी भी पर हाथ मलती रह जाएँगी। खाली लिफाफा मेरे सामने ला पटकेंगी और कहेंगी, ''लोग-बाग ठीक कहते हैं तेरी माँ बावली है, बेपढ़ी है। खाली लिफाफा भेज रही है...चिट्ठी गायब है। कोई नासपीटा मिला ही नहीं होगा घर में जिससे चिट्ठी लिखाती। तेरा अनपढ़ों का खानदान है...।''

जानती हूँ यह सब सरासर झूठ है। हिंसा की इच्छा है। चोट पहुँचाने की चाह है। इसलिए इतना सबकुछ कहा जाता है। चोट लगती दिखाई न दे तो वार और तेज होता जाता है। वह नहीं जानती कि ऐसा करने से चोट लगाने की अपनी ताकत से मिलनेवाला सुख और दर्प भी नष्ट हो जाता है, पर जिनकी करनी वही जाने...जो सुनना-समझना ही नहीं जानते उन्हें मैं क्यों बताऊँ कि तू बावली नहीं, अयानी नहीं, खूब-खूब सयानी है। कुपढ़ नहीं, खूब-खूब पढ़ी-लिखी है। तेरी पाठशाला मैंने देखी है।

मैं उन्हें क्यों बताऊँ कि तेरी पाठशाला कहाँ और कैसी थी। क्यों बताऊँ कि डुबकी में नहा निकलने का तुम्हारा अन्दाजा कितना लाजवाब था। पढ़ने-लिखने के लिए तुम्हें बस्ता लेकर कहीं जाना नहीं पड़ा था। स्लेट और बत्ती और गीले कपड़े के टुकड़े से तुम्हारा काम चल जाता रहा। पास में बस्ता रखकर बैठने की बात शायद तुम्हें बहुत खुली और प्रकट जैसी लगती रही होगी, पोते-पोतियों के बीचोंबीच। और तो और, बाबूजी ने भी तुम्हें ऐसे बैठे देख लिया होता तो तेरा मजाक ही उड़ाते। आते-जाते कहते, ''बूढ़े तोते पढ़ा नहीं करते लाजो।''

''तू कहती जरूर रहती है कि बाबूजी से कोई पर्दा नहीं है। वे सालोंसाल,

सदियों-सदियों से तुम्हारे साथ हैं...पर यह तो बताओ फिर वह क्यों हर पल तुम्हें चोभते-छेदते रहते हैं। बात-बात पर तुम्हारी खिल्ली उड़ाते हैं।''

तुम मेरी इस बात पर खिलखिलाकर नहीं होठ दबाकर हँसी थीं। हँसी की फुहार तुम्हारे बन्द होठों के अन्दर नाच रही थी। किसी की आँखें और नाक के नथुने भी हँस सकते हैं मैंने पहली बार देखा था। तुमने तब मुझे अपने पास खींचकर बिठाया था और धीरे से कहा था, ''तेरे बाबूजी खिल्ली नहीं उड़ाते, ठिठोली करते हैं। मुझे हँसाते हैं। मुझे खुश रखना चाहते हैं।''

''और तू ऐसी गाली जैसी बात पर खुश भी हो जाती है?''

तुमने मुझे कुछ कहना चाहा था। तुम्हारे होठ खुले थे। तुमने आसपास देखा था। मेरी ओर झुकी थीं फिर टाल गयी थीं, ''छोड़, यह खूब लम्बी जैसी बातें हैं...पूरी जिन्दगी जितनी लम्बी। वक्त आएगा तो तू आप ही आप समझ जाएगी। तेरा भी तो लम्बा जैसा कुनबा...मेरा मतलब है जहाँ बात चल रही है वहाँ तेरी शादी पक्की हो गयी तो तेरा भी लम्बे कुनबेवाला घर होगा। कुनबेवाले घरों में ऐसा ही होता है। रास्ता लाँघते-फलाँगते एक-दूसरे से बात हो जाती है।''

''मतलब?''

''मतलब साथ रहते-रहते समझाते रहना जरूरी नहीं रहता। समझ बातों से बड़ी हो जाती है।''

मेरे मुँह पर अबूझा जैसा कुछ छपा होगा कि तुमने प्रसंग का सिरा काट दिया, ''अच्छा इस वक्त तो तू इस बात को छोड़...जाकर शामो को इधर भेज।''

भेजना क्या था...मेरी भाभी श्यामा पता नहीं कहाँ से अपने-आप वहाँ आन टपकी थीं और तुम्हारे घुटने से लगकर बैठ गयी थीं। वह मेरी ओर देखकर मन्द-मन्द मुस्कुरा रही थीं। कोई ऐसे भेद भरे ढंग से लगातार मुस्कुराता कैसे रह सकता होगा। शायद वह मेरे जाने का इन्तजार कर रही थीं।

तुमने धीरे से अपनी पालथी के नीचे से स्लेट निकाली थी और पास रखे गीले चीथड़े से उसे पोंछने लग गयी थीं। मुझे उसी जगह, उसी तरह जमे देखकर तुमने मुझे डपटा था, ''ऐसे आँखें फाड़-फाड़कर देख क्या रही हो? कहा नहीं जाओ...अपनी पढ़ाई-लिखाई में लगो।''

जाना मैंने नहीं चाहा था पर स्लेट पर रखे तुम्हारे हाथ ने वहीं रुके रहने का हठ जैसा ठान लिया था। मुझे जाना पड़ा था पर मैं गयी नहीं थी। खिड़की की ओट में खड़ी रही थी। वहाँ पर खड़े तुम्हारे और भाभी के सिर जुड़े हुए दिख रहे थे। अस्फुट स्वर उठ रहे थे, पर मुझे सुनाई नहीं दे रहे थे। उन फुसफुसाहटों के बीच और नीचे सदा से ओझल सरस्वती की धार बह रही थी। पता नहीं कब से? यह सब पता नहीं कब से चल रहा था। कौन जाने।

घण्टा-डेढ़ घण्टा जरूर बीता होगा। पता नहीं कितने ही ऐसे घण्टे-डेढ़ घण्टे

इस सीक्रेट मिशन में जुड़े होंगे। गर्मी के ताप से भरी निचाट दोपहरियाँ। अँधेरे किये गये कमरे। भिड़े दरवाजे की दरार से आती कतरन भर रोशनी। ऐसे सन-सन सन्नाटे में कोई एक बहू अपनी सास के सिर पर ज्ञान की चुनरी ओढ़ाने का उपक्रम कर रही है। सदियों से कलह-क्लेश के लिए गाये जाते बदनाम रिश्ते में नये रंग भर रही है। नया इतिहास रच रही है।

ठीक उसी दिन गोधूलि के समय मुझे रास्ते में रोक, मुझसे आँख मिलाये बिना तुमने कहा था, ''जो कुछ भी तुमने आज देखा समझ लो नहीं देखा। बेमतलब अफवाहें फैलाने की कोई जरूरत नहीं। जीते जी आदमी को इतना तो आये कि अपनी बेटियों-बहनों की सुध ले सके। बेले-कुबेले उन्हें टेर सके।

मुझे लगा तुम सफाई दे रही हो; आखिर किस बात की सफाई। मैंने बोलने के लिए मुँह खोला था। तुमने अपनी हथेली के दबाव से मेरा बोलना रोक दिया था और मुझे ठेला था आगे, कहकर कि जाऊँ जाकर अपना काम-काज देखूँ। जो कुछ समझाना जरूरी समझा गया था मुझे समझा दिया गया है।

पर अपना कामकाज मैंने नहीं देखा था। कुछ-कुछ समझा कुछ-कुछ नहीं भी समझा था। एक दृश्य मेरे भीतर जमता जा रहा था। खुद गया था। क्या दृश्यों के हाथ में भी छेनी-हथौड़ी होती है जिससे हमारे भीतर गुजरते काल पर वह अपनी छापें खोदता चलता है। इन छापों की पोटली बनाकर हम स्मृति की कोठरी में रख लेते हैं। वे वहीं-की-वहीं रखी रहती हैं, फिर उनमें कोई दूसरा समय, दूसरा काल नहीं जुड़ता, नहीं तो ऐसा कैसे होता माँ के पूरे देशकाल, उसके पूरे अस्तित्व से छिटककर स्मृति का यह टुकड़ा मेरे भीतर साँस लेता रहता—वही चटक दोपहर। धूप को छेंककर ठण्डे ठिकानों पर सोये घर के दूसरे लोग। आँगन को लाँघकर भिड़े दरवाजे की दरार से आती तीखी रोशनी। दो जुड़े हुए सिर। पास में रखा एक गीला चिथड़ा। आसपास बिखरे चाक के टुकड़े। बीच में बहती एक अदृश्य नदी किन्हीं दो आत्माओं के बीच और इस आदान-प्रदान की किसी को खबर तक नहीं।

और उस दिन फिर से तुमने मुझे असमंजस में डाला था। तुमने ऐसा क्यों कहा था जो कि कहा था—ससुराल में मेरे लौटकर जाने के दिन। तू मुझे सुबह से ही कुछ हिली-हिली, गीली-गीली दिख रही थी जबकि मैं पूरे तीन हफ्ते तुम्हारे पास रहकर जा रही थी। अटैची में रखी जाती साड़ी मेरे हाथ से छीनकर तुमने पलंग पर फेंकी थी। साड़ी की तह खुल गयी थी। मैं चिढ़ी थी। तुमने मेरे चिढ़ने की परवाह नहीं की थी। बाँह पकड़कर बक्सों वाली तंग कोठरी में मुझे ठेल ले गयी थी। हड़बड़ायी-सी...बेचैन।

''कुछ पता तो लगे हुआ क्या है? तू ऐसी हड़बड़ायी हुई क्यों है? क्या ढूँढ़

रही है यहाँ?''

''अरे यहीं तो रखकर गयी थी सब कुछ, जरा-सी देर पहले।'' तुमने मेरी बात नहीं सुनी थी। तुम अपनी धुन में थीं, ''देखो न तुम्हें बुलाने क्या गयी कि...इस घर में कोई भी चीज ठौर-ठिकाने नहीं मिलती। पेन यहीं रखा था इन लिफाफों के साथ...पता नहीं कहाँ गया।''

मैंने देखा सामने वाले बक्से पर बिछे कपड़े पर तीन-चार डाक के लिफाफे फैले पड़े हैं और किसी पेन का सिर दो बक्सों की दरार के बीच झाँक रहा है। उठाया तो वह पेन का ढक्कन भर था, बाकी का हिस्सा पता नहीं कहाँ छिटककर गिरा होगा।

''क्या कोई चिट्ठी लिखवानी है तुम्हें? पेन चाहिए? बता तो सही पहले...चल। बाहर चल अभी लिख देती हूँ जिसे लिखवाना है। क्या दीदी को कुछ लिखना है? भैया को कुछ कहना है?''

इस बार तुमने सच में बावलों की तरह सिर हिलाया था—''चोऽप, आगे बोलने की जरूरत नहीं। जब तक मैं आती नहीं, रुकी रह यहीं। बाहर गये नहीं कि...।''

समझ में नहीं आ रहा था तुम्हारे ठण्डे सीले स्वभाव में ऐसा क्रोध कौन-से सूराख में से उफनता आ रहा था।

तीन-चार मिनट भी नहीं गुजरे होंगे कि तू वापस कोठरी में घुसी थी। घुसते ही तुमने दरवाजा बन्द किया। साँकल चढ़ाई और एक लिफाफा मेरे हाथ में देकर पेन मेरी ओर बढ़ाया था, ''ले पकड़।''

दरवाजा बन्द होते ही मुझे लगा वहाँ कुछ है, कोई है...मेरे और तेरे अलावा...नियति जैसा कुछ। जो इस होने को होने दे रहा है...जो तुम्हारे मन में दाखिल होकर इस हड़बड़ी को...इस कम्पन को तुम्हारे ऊपर बिछाता जा रहा है। तुम इस समय किसी अनदेखी मंशा के हवाले हो...जकड़ी हुई...उससे परिचालित। मुझे वह सब करना ही है जो तुम कहोगी...उज्र के बिना, विरोध-प्रतिरोध के बगैर...। जो कुछ भी तुम इस समय देख रही हो मैं नहीं देख सकती। नहीं सुन सकती।

''सुन, इस लिफाफे पर पहले तू अपना पता लिख,'' तुमने मुझे आदेश जैसा दिया था।

''मेरा पता? क्यों मैं तो तेरे सामने खड़ी हूँ,'' विस्मय से मेरे दीदे जरूर चौड़े हो गये होंगे। मैं ठिठक गयी होऊँगी।

''सुना नहीं तुमने?'' तुम्हारी डपट में एक चपत जैसी कड़की थी। उस समय मैं शायद पराये घर की अमानत होने के नाते बच गयी थी। नहीं तो तुमने मुझे बचपन के दिनों की तरह चपतियाया होता।

तभी आगे और पीछे से फटी बच्चों की किसी कॉपी का एक पन्ना तुमने मेरे सामने खोलकर रख दिया, ''ले देख। इसे लिख दे लिफाफे पर।''

''मुझे ही मेरे घर का पता तुम क्या बता रही हो? मुझे क्या अपने घर का पता नहीं मालूम?''

तुम थम गयी थीं। किसी दूसरे पन्ने पर दीदी का पता ढूँढ़ने लग गयी थीं। जीजाजी के ट्रांसफर के बाद आसाम जा चुकी दीदी का पता थोड़ा-थोड़ा तो मुझे याद था, पर उतना पूरा नहीं। मैं सामने खुली रखी कॉपी में से अपनी याददाश्त का मिलान करने में लग गयी थी।

इस देखा-देखी में बक्से पर बिछा कपड़ा बार-बार सिमट-सिकुड़ रहा था। उलझन पैदा कर रहा था। तुमने मेरी इस उलझन को भाँप लिया था। एक हाथ में मेरी बाँह थामे दूसरे हाथ से कपड़ा खींचकर तुमने परे फेंका था। तुम्हारी पकड़ में उस समय जबरदस्त ताकत थी जो मेरी कलाई ने अलग से महसूस की थी। किसी भी तरह की अड़चन को मचोड़कर परे फेंक सकती हो तुम उस समय, मुझे लगा।

''अब छोटी का पता लिख,'' तुमने तीसरा लिफाफा बढ़ाते हुए मुझे तीसरा हुकुम सुनाया था।

''अब चौथे का लिख,'' मैंने तुम्हारी तर्ज में अपनी गाती-सी तर्ज मिलायी थी और याददाश्त के सहारे टँगे छोटे भैया के पते का मिलान करने के लिए कॉपी तुम्हारे हाथ से लेनी चाही थी।

साफ था, उस समय तुम्हें मेरा इस तरह हल्का-फुल्का हो जाना अच्छा नहीं लगा था। ''नहीं, उसका नहीं,'' तुमने मुझे डपटा था, ''लड़कों का क्या है, तुम्हारी सुनें न सुनें...'', आगे के शब्द तुम चबा गयी थीं। मैंने देखा था साफ-साफ...ठीक अपने-सामने। पलभर में जैसे एक पत्थर-सा लुढ़कता पास से निकल गया हो और सारे सन्दर्भों को स्तब्ध कर गया हो।

पता लिखे तीनों लिफाफे तुमने मुझे थमाये थे और खुद नीचे गिरा कपड़ा उठाकर बक्से पर बिछाने लग गयी थीं—खूब सावधानी से। इंच-दर-इंच। वैसे का वैसा, जैसे वहाँ कुछ हुआ ही नहीं। नियति की लिखावट पर किसी शरीरी वजूद का कोई दखल ही नहीं।

''इन लिफाफों का क्या करोगी?''

मेरे प्रश्न का उत्तर दिये बिना ही तुमने कहा था, ''इन लिफाफों को ले जा और पप्पू की मेज से इन पर गोंद लगा ला...या रहने दे मैं खुद ही लगा लूँगी किसी वक्त...।''

''इनमें गोंद? इन खाली लिफाफों में गोंद?...इनमें चिट्ठी तो डाली नहीं गयी है।''

''हाँ, इन लिफाफों को कोई चिट्ठी नहीं चाहिए।''

"अजीब बात है...बता तो सही क्यों नहीं चाहिए।"

"जब वक्त आएगा तो अपने आप पता लग जाएगा," कहते-कहते तुमने दरवाजे के कुण्डे में फँसी साँकल खोल हवा में छोड़ दी और मुझे बाहर की ओर धकियाया-सा। किवाड़ थे कि मेरे खोलने से पहले ही खुल गये थे। बाहर पप्पू खड़ा था।

"कब से बाहर खड़े हैं दादी," पप्पू का कहना तुमने अनसुना किया था। शायद उसके कहने को मिथ्या माना होगा। पप्पू पहले से आया होता तो दरवाजा बन्द देखकर पीट डालता।

अचानक ही लगा मेरे हाथ-पैर शिथिल पड़ गये हैं पर चेत इतना चौकस, इतना चौकन्ना जैसे चूने से खिंची सफेद रेखा पर उठुंग बैठा कोई खिलाड़ी, कि संकेत मिले और दौड़ पड़े चाहे पता न हो कि जाना किधर है।

तुमने मुझे ठेला तो मैं चली गयी। गोंद लगाया। लिफाफे बन्द किये और तुम्हें आ थमाये। थमाते ही लगा मेरे आने तक तो तुम एकाएक बदल गयी हो। पूरी तरह सिकुड़ी हुई, निःसत्व जैसी लग रही हो। देखते ही देखते जैसे सब कुछ थम गया है—सारा आवेग, सारा आवेश, सारी आपाधापी। हम दोनों एकाएक संवाद के दबाव से खाली हो गये हैं। चेहरे दिख रहे हैं अंगारा बुझ गया है।

दूसरे दिन सुबह तक भी तुम मुझसे बोली नहीं थीं। तुम्हारे न बोलने ने उस घर में मेरे जाने तक बचे हुए समय के टुकड़े को ज्यादा पीड़क ही बनाया। मैं आते-जाते तुम्हें देख रही थी। तुम मेरे देखने को देख तो रही थीं पर अनदेखा कर रही थीं। क्यों...पर क्यों...मेरे भीतर इधर-से-उधर टकराता अनवरत हाहाकार। दुखन टीस रही थी, पहले से कहीं ज्यादा। एक सरहद में तुमने मुझे दाखिल किया और बाहर धकेल दिया। बिना बताये..बिना समझाये...बिना सहलाये ऐसे में तुम मुझे बहुत गैर, बहुत 'निरदई' जैसी लगती रही थी।

कुछ कहने-सुनने की घड़ी भी फिर तुमने खुद ही चुनी थी। आँगन की अरगनी से उठाये धुले कपड़ों का ढेर तुमने दालान में पड़े तख्त पर ला फेंका था और मेरे कन्धे पर अपने हाथ का दबाव देकर मुझे उठाया था। उस समय मुझे पता नहीं क्यों लगा तुमने अपने पहले वाले माँ-पन की बाँह मेरी ओर बढ़ायी है और उस छोटे-से सहारे से मैं तुम्हारा हाथ पकड़े तुम्हारे साथ चलने लग गयी हूँ। पिघलती जा रही हूँ। सराबोर बह रही हूँ।

मुझे साथ लिये-लिये तुम फिर उसी बक्सोंवाली कोठरी में घुसी थीं। कोठरी में फिर वही पुरानी बन्दपने की हुमस और झुसपुसा अँधेरा था। घुसते ही मैंने स्विच की ओर हाथ बढ़ाया था।

"रहने दे...ऐसे ही," तुम खुद बक्से का सहारा लेकर खड़ी हो गयी थीं और मुझे अपनी आवाज़ और मेरे कान की सरहद के बीच स्थित कर लिया था—

हौले से।

''इतना हैरान परेशान होने की कोई जरूरत नहीं,'' पलभर की चुप्पी के बाद तुम्हारी आवाज सुनाई दी थी, ''जानती हो वक्त आ गया है...आ जाता है अपने आप, बिन बुलाये। सबको सबकुछ मालूम होता है फिर भी नहीं होता। इनसान को हर हाल के लिए तैयार रहना चाहिए...मेरा मतलब है अन्दर की तैयारी...।''

यह तुम्हें क्या सूझा। तुम किन चीजों के बारे में एकाएक बात करने लगी, पर यह 'एकाएक' शायद मेरे मन में रहा होगा। तुम्हारा तो वही एक अलाव...वही समिधा...उसी शिखा से उड़ते स्फुलिंग, तब से, यहाँ-तहाँ गिरते दिखाई दे रहे थे।

''यह तुम क्या कह रही हो? अच्छी तो हो न तुम? तुम्हारा जीव तो अच्छा है?''

''अच्छे-बुरे, ठीक-बेठीक का क्या नाप-तौल...क्या कुछ पता लगता है कब किसका...वैसे देखो।'' तुमने जुबान पर रपटती आती बात पलट दी थी, ''जरा तमाशा देखो इस दुनिया का...वे सारे दुःख-दर्द जो दिखाई देते रहते हैं, वही गाये जाते हैं, बाकी के सब...उनका तो कोई सुराग भी नहीं मिलता। और तो और, वे इन्सान की अपनी पहचान में भी नहीं आते...।''

मुझे लगा तुम्हारी ऐसी आवाज को सोख रहा तुम्हारा चेहरा मैं एकदम देख लेना चाहती हूँ—अभी का अभी। इसी क्षण। पर उस नीम अँधेरे में मुझे कुछ नहीं दिखा, सिवाय तुम्हारी कभी-कभी चमक उठतीं आँखों के। उस झुसपुसे में मेरी हथेली को दबोचते तुम्हारे हाथ का बढ़ता-घटता दबाव जरूर कुछ बोल रहा था।

''तुम परेशान कर रही हो मुझे...वह भी जाने के दिन,'' मैं अब कातर होने लगी थी।

''परेशान होने की कोई जरूरत नहीं,'' तुमने मेरे वाक्य पर अधबीच झपट्टा मारा था, ''माँ-बाप सब के मरते हैं कोई नयी बात नहीं है। होश-हवास ठिकाने रहने चाहिए...यह नहीं कि अच्छी-बुरी खबर मिले तो आसमान सिर पर उठा लो—जाना है...अभी जाना है...तुरन्त जाना है...हवाई जहाज से जाना है। आ भी जाओगी तो क्या बनेगा...क्या मिलेगा—मिट्टी। जानती हो मिट्टी के कोई आँख-कान नहीं होते। मिट्टी का कोई धर्म-अधर्म नहीं होता। वह सब रस्मी बातें हैं पर ऐसा हो सकता है कि जीते जी...।''

तुमने फिर पटरी बदल ली थी..., ''हाँ, एक बात याद रखना अगर किसी दिन अचानक यह लिफाफा तुम्हें आन पहुँचे तो समझ लेना तुम्हें आना है। तुम्हारी माँ को तुम्हारी सख्त जरूरत है। तुम्हारी माँ संकट में है।''

''यानी कि यह...यह खाली लिफाफा?''

''हाँ...यही...यही खाली लिफाफा। इस लिफाफे को किसी चिट्ठी की दरकार नहीं। किसी खास नाम, खास पते की दरकार है, जहाँ कहीं भी वह हो।

पता ठीक होगा तो यह पहुँच ही जाएगा और तुम...और तुम...और...तुम आ भी जाओगी, चाहे सबसे लड़-झगड़कर ही आओ...,'' अब तुम बहुत रुक-रुककर बोल रही थीं।

तुमने एकाएक सारे रहस्यों की पोटली खोल दी थी और ऊपर-नीचे, आगे-पीछे तानी जाती अपनी अगाध मंशा के दाने बिखेर दिये थे।

यह सब कुछ मेरी समझ से बाहर था। इसे सोख लेने के लिए हमें अपने जन्म के साथ मिली पुरानी खाल पर बिछे सब रोमकूप बेकार हो गये लगते हैं। मैं रुआँसी होने लगी थी।

''एक बात पूछूँ,'' मैं अदबदाकर तुमसे पूछ बैठी थी।

''पूछो।''

''तुम्हें लड़कियों पर इतना भरोसा क्यों है?''

''हाँ, है...भरोसा है। जानती हो लड़कियाँ पहाड़ नहीं नदियाँ होती हैं। नदियों पर पुल बन जाते हैं...बन सकते हैं।''

तुमने खींचकर मुझे कलेजे से लगाया था। जहाँ पिघलती-पिघलती हुई भी मैं तुम्हारी छाती में खड़खड़ाते साँसों की आवाज सुन पा रही थी। तुम्हें देख नहीं रही थी, तुम्हें सुन रही थी।

वह तिलिस्म फिर उसी कोठरी की गन्ध में छूट गया था। हमें मुक्त कर गया।

...पर यह क्या हुआ। लिफाफा नहीं पहुँचा और तू चली भी गयी। टेलीफोन की एक खबर बनकर...मिट्टी की एक ढेरी बनकर। ऐसा तो नहीं हुआ होगा कि संकट जो तुमने गिनाये नहीं थे आये न हों।

तुमने खुद ही कहा था संकट मिट्टी के मिट्टी बन जाने के नहीं होते, जीने को जीने लायक बनाने के होते हैं। संकट अधबीच थक जाने, ढह जाने, जीते जी अन्दर से रीत जाने के भी होते हैं। जिन्दगी की लाँघती-फलाँगती रफ्तार के सामने अपने घिसटने को न सह पाने के भी होते हैं। संकट जीते जी जीने के हौसले को खो देने के भी होते हैं। संकट जीना चाहने और जीने की मोहलत खत्म हो जाने के भी होते हैं।

ऐसा तो नहीं रहा होगा कि यह सब हुआ न हो। उस होने को तुम तो टोह रही थीं कबसे। आधे-अधूरे संकेतों के सहारे एक पुल की लम्बाई को अपने भीतर रोप रही थीं कबसे; फिर तुमने आवाज क्यों नहीं दी...लिफाफा क्यों नहीं भेजा? क्यों चली गयी टेलीफोन की एक खबर बनकर...मिट्टी की ढेरी बनकर...मिट्टी के लिए तो तुमने कहा था मैं आऊँ न आऊँ फर्क नहीं पड़ता; क्योंकि मिट्टी के आँख-कान नहीं होते। मिट्टी का कोई सुख-दुःख, धर्म-अधर्म भी नहीं होता, तो फिर...।

बुर्जियों की छाँह तक

''ओह, तुम!...यहाँ?''

''तुम भी तो...''

''मेरी छोड़ो। मेरा यहाँ होना तो कोई आश्चर्य नहीं है, पर तुम...?''

''मेरा क्यों आश्चर्य है?''

''तुम अतीत का या किसी भी चीज़ का अतिक्रमण कर लेती हो झटपट, और मैं...उँह! बताना क्या जरूरी है, यूँ तो जानती नहीं हो क्या तुम?''

''.........''

''क्या कभी पहले भी इधर आयी हो?''

''आने की सोचती रही हूँ अकसर...''

''पर मेरे यहाँ होने की आशंका ने आने नहीं दिया.....क्यों?''

''तुम्हारे यहाँ होने की सम्भावना ही प्रेरित करती रही थी, अगर ऐसा कहूँ तो—''

''विश्वास करने में थोड़ी दिक्क़त होगी...बचा क्या है अब?''

''कुछ भी न बचा हो, फिर भी बहुत कुछ कहना बच गया है।''

''इतने सब के बाद भी...''

''इतने सब के बाद ही तो! इस एहसास का अब भी बने रहना कितना विचित्र है कि उस कहने को तुम ही समझ सकते हो।''

''म्-म्-मैं?''

''हाँ, तुम!''

''मैं ही क्यों?''

''क्योंकि तुम्हारे बोध भी कुछ वैसे ही रास्तों से होकर गुजरे हैं।...वहाँ जाते तुम्हें छूकर जाना पड़ता है।''

''अपने को छल रही हो—और मुझे भी...''

''छल का कोई सवाल नहीं अब। रास्ते अलग हो चुके हैं—अब किसी अपेक्षा का भी सवाल नहीं।''

''अपेक्षा नहीं है तो कहने की जरूरत क्यों होती?''

''अपेक्षा नहीं है, तभी तो कहने की स्वतन्त्रता अधिक है—इतना तो मानोगे?''

''मान भी लूँ, तो भी अब...? ये सब बातें क्या पहले नहीं जानती थीं?''

''इतना नहीं...इतनी साफ़-साफ़ भी नहीं...जानना एक दूरी पर जाकर खड़े होने के बाद हुआ...''

''उस जानने का कोई नाम है?''

''एक दूरी पर जाने से अनाम को सदा नाम मिल जाता है, क्योंकि व्याख्या की मजबूरी पैदा हो जाती है।''

''मतलब तुम्हारे अनाम का नामकरण हो गया है।''

''ऐसा कह सकते हो...''

''मतलब मुझसे दूर रहने और फिर भी मुझे छूकर गुजरने की मजबूरी की हद का नाम तुम्हें पता है...''

''शायद...''

''क्या है वह? कहना चाहोगी...?''

''कुछ-कुछ तुम्हारी तरह सोचने का ढंग...तुम्हारे जैसी खोजों की हवस...तुम्हारी तरह चीज़ों को देखने का दृष्टिकोण...''

''बहुत खूब! इससे बेहतर मज़ाक नहीं हो सकता। एक-सा सोचने का ढंग!...एक-सा देखने का नज़रिया!!...एक-सी खोज की हवस...फिर भी हम साथ नहीं रह सकते थे...क्या कठिनाई थी?''

''थी। कन्धे टकराने लग गये थे। हम दोनों को एक ही तरफ़ जाना था। हमारी एक-सी जरूरतें थीं। एक-दूसरे के लिए साधन हम नहीं बन सकते थे...यह सब क्या तुम भी नहीं जानते?''

''जानता हूँ...परन्तु नाम दे देने से और अधिक विद्रूप लगता है यह...''

''लग सकता है, परन्तु कठिनाई थी...एक-दूसरे के सच को समर्पित हो सकने की कठिनाई; क्योंकि हर सच सदा अपने ही आलोक को समर्पित होता है...एक-दूसरे को नहीं। दूसरे के लिए शायद वह नहीं होता...अपने-अपने सच खोजने जाते यह टकराहट हमारे हिस्से आयी।''

''दूसरी चार-दिवारियों में यह टकराहट सुनाई क्यों नहीं देती?''

''वहाँ नहीं देती, जहाँ दोनों के रास्ते एक ही पुल से होकर नहीं गुजरते...जहाँ दोनों आगे जाने की उतावली में अपने-अपने लिए सुविधाएँ नहीं माँगते। एक देता है दूसरा लेता है।''

''हमारे साथ ऐसा नहीं था क्या?''

"था, पर एक सीमा के बाद नहीं...और वह सीमा भी जल्दी ही आ गयी थी...आत्म-सजग हम!"

"क्या थी वह सीमा?"

"जहाँ पहुँचने से पहले हम दोनों ही देने के लिए आतुर थे...अपने-आप को दे डालने को—एक-दम, खाली कर देने को आतुर....वहाँ पहुँचकर वह सीमा अपनी हो गयी—अपने अस्तित्व का हिस्सा, और रास्ता अभी और भी आगे जाता था...। विश्राम-स्थल वह जरूर निकला, पर शान्ति से रह सकने वाला घर नहीं...पता नहीं...पता नहीं क्यों हम एक घर की अपेक्षा में वहाँ तक चलते चले आये थे।"

"............."

"............."

"उस न पाने का दर्द है तुम्हें?"

"तुम्हें नहीं क्या?"

"तो फिर...तो फिर हम साथ क्यों नहीं रहने लगते?"

"यह फिर से वहीं जाना हुआ जहाँ से चले थे। साथ रहना मतलब टकराहट...साथ रहना मतलब शोर...और हम दोनों ही अपने को डुबो देने वाले शोर से डरते हैं...शान्ति चाहिए थी तुम्हें भी और मुझे भी..."

"तो फिर शान्ति ही हमारा लक्ष्य हुई...?"

"लक्ष्य नहीं! साधन हुई।"

"किसका?"

"जिसे तुम पाना चाहते हो, जिसे मैं पाना चाहती हूँ...उस अदृष्ट का—जो दीखता नहीं परन्तु जिस का अभाव महसूस होता है।"

"उस अभाव को समझकर उसे समझा नहीं जा सकता?"

"नहीं! अभाव नेगेटिव धारणा है—वह एक एहसास है, दृष्टि नहीं।"

"दृष्टि हो तो वह कुछ देख लिया जाए?"

"मेरे विचार में, हाँ..."

"दृष्टि पाने के लिए?"

"दर्द...आह! वही दर्द..."

"दर्द?...पर दृष्टि के लिए दर्द कौन पालता है?"

"पालने का प्रश्न नहीं। दर्द है...अनिवार्य है...एक-दम इनऐविटेबिल। उससे निस्तार नहीं—खोज का दर्द...उस अदृष्ट को समझने-पाने का दर्द...अपने से विराट् में डूबना चाहने की भटकन का दर्द...अपने लिए अपने को ही पीछे छोड़ आने का दर्द...तभी तो...तभी तो..."

"तभी तो क्या?"

"तभी तो तुम वहाँ हो, मैं यहाँ...इन अति-परिचित बुर्जियों के नीचे भी नितान्त अकेले अजनबी...एक दूसरे की राह को तिरछी रेखाओं की तरह छूकर गुज़रते हुए..."

"............"

"............"

"इस दर्द से मुक्ति का रास्ता नहीं है?"

"उस पाने योग्य को पा लेना।"

"ऐसे अमूर्त पाने का तो कोई किनारा नहीं है..."

"शायद न हो।...गन्तव्य तक पहुँचने की आशा ही सच हो—गति सच हो...रास्ता रास्ता ही रहे...चलते रहने की चुनौती देता—आजन्म—जीवन-भर...जीवन का सारा विस्तार छोटा पड़ता जाए जिसके सम्मुख..."

"तो फिर यह सब कुछ?...हम क्यों— ?"

"इस रास्ते को चुनने की कीमत..."

"..........."

"..........."

"तुम इस समय कहाँ जाओगी?"

"तुम?"

"कहीं भी जाऊँ—इस समय तो इन बुर्जियों की छाँह तक तुम्हारे साथ ही चलता हूँ..."

❑❑❑

णाणं पयासयं

भारतीय ज्ञानपीठ